청소년을 위한 독서 에세이

청소년 문학가 박상률이 풀어 놓은 책 읽기에 관한 모든 것

청소년을 위한
독서
에세이

박상률 지음

해냄

책, 책 읽기, 도서관,
책을 읽으며 떠오른 생각들

거의 문자 중독이다 할 만치 나는 책에 집착한다. 어린 시절도 그랬고 지금도 책이라면 사족을 못 쓴다. 헌책방을 돌아다닐 때 늘 듣던 말 가운데 하나가 술꾼들은 술통이 무거워 손으로 들고는 못 가지만 술통에 든 술을 다 마셔 배에 담아 갈 수는 있다고 한 말이다. 책은 먹는 게 아니라서 그 자리에서 다 먹을 수 없다. 그래서 나는 내가 사 갈 책을 만나면 가방에 쑤셔 넣거나 손에 들고 집으로 가야 한다. 단재 신채호 선생 같은 분은 어느 집에서 비를 긋는 동안 그 집 사랑방의 책을 다 읽어 버렸다고 하지만 나는 그 자리에서 책을 다 보지 못해 가지고 와야 한다. 그러다 보니 집에 책이 많다. 사람이 책에 치인다. 책 속에 사람이 얹혀사는 꼴이라고나 할까…….

내가 책에 집착하는 까닭은 책 속에 길이 있어서도 아니고, 더더욱

5

시간 죽이기에 좋아서도 아니다. 우리가 어릴 때엔 책이 그리 많지 않았다. 그 반작용으로 책을 더 가지고 싶어 했는지도 모른다. 책의 종이는 신문지와 함께 벽을 바르는 벽지를 대신하기도 했고, 변소에서 밑씻개로 쓰이기도 했다. 책이라고 하는 물건은 문자만 찍혀 있는 게 아니었다. 책의 종이는 다목적으로 쓰였다.

그러나 요즘은 책에만 문자가 찍혀 있는 게 아니다. 나아가 벽에는 벽지를 바르고, 밑씻개는 화장지가 대신한다. 휴대 전화는 물론 텔레비전, 인터넷 할 것 없이 도처에 문자가 박혀 있다. 이런 세상이기에 책에만 문자가 찍혀 있는 걸 바라는 건 말이 안 된다. 나도 지금 청소년 시절을 보낸다면 책 아닌 다른 걸 더 즐길지도 모른다. 그럼에도 나는 '책을 읽자'고 늘 말한다. 무엇보다 책은 자기 머리로 생각을 하게 해 주기 때문이다. 문자가 있는 다른 매체들은 자기 머리로 생각할 틈을 주지 않는다.

요즘 청소년들은 '결핍이 결핍되어 있을 정도'로 부족한 걸 모른다. 나도 지금 청소년기를 보내고 있다면 그다지 다르지 않을 것이다. 하지만 나는 이미 청소년기를 오래전에 겪었고 청소년도 키워 봤다. 50년 넘게 살아 본 사람으로서 감히 말하건대 청소년 여러분의 손이 쉽게 닿는 매체보다는 펼쳐 보기 싫은 책이 여러분의 내면을 더 풍성하게 해 줄 것이다.

여기에는 책, 책 읽기, 도서관, 책을 읽으며 떠오른 생각들이 마구 펼쳐져 있다. 책, 책 읽기, 도서관에 관한 일이라면 자다가도 벌떡 일어나는 사람이라 그때그때 두서없이 원고를 써서 그렇다. 그렇지만 해냄 출판사 편집부에서 줄가리를 잡아 주니 그럴싸한 모양새를 갖춘 좋은 책이 되었다. 여러분이 좋아해 주면 더욱 좋겠다!

2015년 봄

무산서재(無山書齋)에서 박상률

차례

2장 상상의 나래를 펴다

3장 경계 밖 책 읽기

4장 책을 통한 삶 가꾸기

5장 책 읽는 자의 정신

6장 나와 우리를 이해하기

7장 소통하는 도서관

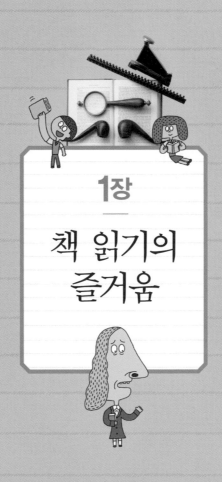

1장

책 읽기의 즐거움

책은 冊이다

'冊'은 참 절묘하게도 책이라는 '물건'을 닮았다. 상형문자이기 때문에 '당연히 그렇겠지'라고 할 수도 있겠지만, 한자 冊은 종이가 엮여 있는 것 같기도 하고 책을 세우거나 쌓아 놓은 것 같기도 하다. 본디 왕명이 적힌 패찰 엮은 것을 본떠 만든 글자이지만 책이라는 물건을 뜻하는 글자로 자리 잡은 게 아주 적절해 보인다.

동서양을 막론하고 책이라는 말이 생긴 뒤부터 책의 형태도 다양하게 바뀌었다. 그러나 수 세기 동안 종이 책이 가장 일반적이었다. 나는 종이 책을 사랑한다. 지금은 이른바 전자책이라는 것까지 생겨났지만, 내게 전자책은 책이 아니다. 왜냐? 전자책은 冊의 모양으로 그려지지 않기 때문이다.

종이 책을 사랑하는 나. 그러기에 당연히 나에겐 책이 많다. 어려서

부터 수중에 들어온 책은 결코 내 곁을 떠나지 못하게 했기 때문이다. 사랑도 이 정도면 집착이다. 그러나 책을 향한 나의 집착은 고쳐지지 않는다. 내 책은 내가 죽어야 내 곁을 떠날 수 있을지 모른다. 가능하다면 저승 가는 길에도 가지고 가고 싶지만 말이다.

내 서재에 쌓여 있는 책이 정확히 얼마나 되는지는 나도 모른다. 다만 이사할 때 책이 상자로 몇 개 나왔는가에 따라 대략 나의 장서 수를 가늠할 뿐이다. 가장 마지막으로 이사했던 2000년대 초에 2만여 권 정도였다. 지금은 거기서 또 수천 권 더 늘어나 있겠지······.

혹자는 묻는다. 이렇게 많은 책을 다 읽기나 했냐고······. 나는 대답한다. 다 읽을 필요 없잖아요. 미식가라 해서 이 세상 음식을 다 먹어 볼 필요가 없듯이 말이다. 또 약사가 약국 진열장에 있는 약을 다 먹어 봐야 약의 효능을 아는 게 아니듯이 말이다. 그렇다면 무엇 때문에 그렇게 많은 책을 冊 모양으로 쟁여 놓고 사는가? 이유는 간단하다. 아무 때고 눈길 가는 책과 연애하기 위해서다.

잠을 자다가, 누워서 뒹굴다가, 앉아서 뭔가를 하다가, 밤늦게 들어와 문득 책장 앞을 지나다가, 밥을 먹다가, 화장실에서 나오다가 나는 불현듯 눈길 끄는 녀석을 골라잡는다. 바로 그때, 그 책이 거기 있었기에 나의 선택을 받는 것이다. 그럼 선택을 받지 못한 책은 한 번도 나의 손길을 느끼지 못하고 영원히 책장 속에 꽂힌 채 빛을 못 쬐고 죽어 가야 하는가? 그건 그렇지 않다. 그런 책도 내 수중에 들어올 때 일단 '검문'을 샅샅이 하고서 자기 자리를 정해 준다. 그러기에 나의 서재에 들어온 책은 하나도 빼지 않고 일단 나의 손을 탄다.

그런데 나는 책을 더듬을 때 손으로만 만져 보는 게 아니다. 사랑에 취한 사람이 상대방의 냄새를 맡으려고 코를 벌름거리듯이 표지의 냄새부터 맡는다. 이어 책의 등이며 날개며 뒷장을 살핀다. 이를테면 앞태, 뒤태를 살피는 것이다. 그런 다음 호적을 조사하듯이 판권지*를 훑는다. 그다음엔 목차. 면접을 실시하는 것이다. 이력서 보듯이 목차만 훑어도 대략 어느 급인지 금방 안다. 이어 머리말을 읽는다. 나의 애인이 되고자 하는, 피면접자의 자기소개서를 보는 것이다. 마지막으로 책의 몸을 뒤진다. 뭔가 쓰다듬을 만한 구석이 있나

> **판권지**
> 책의 맨 끝이나 앞 장에 인쇄 및 발행 날짜, 저작자·발행자의 주소와 성명 따위를 인쇄하고 인지를 붙인 종이를 말한다.

살펴보기 위해서! 꼭 읽어야 할 부분은 금세 눈에 띈다. 그러면 정색을 하고 눈길을 주어 확실하게 내 것으로 만든다. 그저 눈요기만 해도 그 만인 책은 슬쩍 건드려 보기만 해도 전체를 알 수 있다.

이 정도면 나는 내 곁에 두고 사는 애인에 대해 모르는 바가 없게 된다. 최소한 이름과 이력서와 자기소개서는 거의 나의 뇌 속에 저장된다. 그러니 어떤 글을 쓰기 위해 참고 자료 같은 게 필요하면 바로 불러 낼 수 있다. 내가 이름을 부르면 그때까지 숱한 나날을 숨죽이며 기다리고 있던 애인이 수줍은 모습을 털며 반갑게 나선다. 내가 이름을 불러 주는 책은 이제 나의 여인이 된다!

그런데 어쩌다 집에 들르는 외부인이 나의 애인들을 무단으로 업어 가려 하는 일이 종종 있다. 집 안이 책의 숲이니, 몇 권 슬쩍해도 모를 줄 아는 모양이다. 그러나 나는 적어도 내 애인들이 어디에 자리 잡고 있는지 다 안다. 그래서 집 안을 쭉 훑어보다 보면 내 눈을 피해 외박 나간 애인을 금세 알아챈다. 그 순간 내 머릿속엔 그 책을 가져갔음 직한 '용의자'가 바로 떠오른다. 나는 그 '용의자'를 찾아 "바로 반납하시오!"라고 이른다. 그러나 한번 외박 나간 책은 돌아오더라도 제 모습으로 돌아오지 못한다. 이미 내가 아껴 주던 모습이 아닌 것이다.

그래서 한때 책장에다 이런 문구를 써 붙인 적이 있다. "여기 있는 책들은 주인이 술 담배도 하지 않고 평생 모은 것이니 손대지 마시오!" 이 말은 고고학자 삼불 김원룡* 선생의 일화를 응용한 것이다. 삼불 선생은 생전에 책에다 이런 도장을 박아 놓으셨단다. "貧書

生元龍 苦心購得之書 用之須淸淨 借覽勿過五日(가난한 서생 김원룡이 고생해서 구한 책이니, 읽는 자는 때를 묻히지 마시고 빌리는 자는 닷새를 넘기지 마시오)."

그럼에도 책은 자꾸만 집 밖으로 나갔다. 그래서 이번엔 문구를 바꿔 달았다. 아주 노골적이다. "우리 집 책은 외출을 싫어합니다!" 이때부터 조금씩 사람들이 내 뜻을 알아차린 듯하다. 속으로는 책 인심이 고약하다고 투덜댔으리라. 책 도둑은 도둑도 아니라는데, 하면서.

김원룡(1922~1993)
8·15 광복 이후 한국 고고학계를 이끌었으며, 미술사 연구에도 업적을 남겼다. 수필가이자 문인화가로도 유명하다. 『한국미술의 역사』, 『한국고고학 개설』, 『나의 인생 나의 학문』 등의 저서가 있다.

내가 이토록 책의 바깥출입을 싫어하는 까닭은 내가 보고 싶을 때 아무 때고 애인이 거기 있어야지, 제자리에 없으면 마음이 편치 못해서다. 그 책 아니어도 볼 책이 많은데 왜 그러느냐고 하겠지만, 그 순간에는 바로 그 책이 아니면 안 된다. 영희를 봐야 하는데, 옆자리 순희가 영희를 대신할 수 있겠는가!

한우충동(汗牛充棟)이라는 말이 있다. '짐으로 실으면 소가 땀을 흘리고, 쌓으면 들보에까지 찬다'는 뜻으로, 책이 많은 것을 이르는 말이다. 내 경우를 두고 보자면 짐으로 실으면 짐차로 몇 대는 되고, 집 안에 부리면 집값보다 책값이 더 나간다! 그래서 혹자는 내 집을 들여다보다가 고개를 갸웃거리며 "서점 하다 망했느냐?"라고 묻는다. 그래도 이건 듣기에 그다지 기분 나쁘지 않다. 걱정스러워서 하는 말이기 때문이다. 진짜로 듣기 고약한 말은 "세상의 책은 작가들만 읽는구먼!"이다. 말하자면 책을 쓰는 놈(또는 년)들끼리만 책을 쌓아 놓고 읽는 것 아니냐는 뜻이다. 책을 도대체 읽지 않으려 하는 지금 세태에 견주면 그다지 틀린 말이 아니다. 그래서 기분이 나쁘다.

그런 말이 기분 나쁘다고 해서 책과 하는 연애질을 그만둘 내가 아니다. 작가는 다른 어떤 직업을 가진 자보다 책에 집착하는 자다. 책을 수집하고, 책을 읽고, 책을 쓰는 직업을 가진 자. 그들이 작가다. 작가는 자신이 직접 책을 쓰는 만큼이나 남의 책 읽기를 게을리하지 않는다. 그러기 위해선 일단 책을 사서 자기 주변에 冊 모양으로 쌓아 놓아야 한다. 책은 冊이어야 하는 것이다.

아르헨티나의 작가 보르헤스* 같은 이는 만년에 시력이 좋지 않아 책 읽어 주는 사람을 둘 정도였다. 그런데도 손으로 책등만 만져 봐도 무슨 책인지 용케 알고 자기가 읽어 달라고 할 책을 책장에서 꺼냈다고 하지 않는가. 나는 아직 그 경지에는 이르진 못했지만, 도서 목록을 작성하지 않아도 어느 책이 내게 있는지 없는지, 또 어느 자리에 있는지는 또렷이 안다. 그래서 선물하기 위해 일부러 두 권을 산 책 말고는 아직까지 같은 책 두 권을 산 적이 없다. 그래서 내 서재엔 쌍둥이는 살지 않는다.

돌아가는 삶

여러 해 전 『토지』의 작가 박경리* 선생이 돌아가셨다. 토지를 떠난 것이다. 아니, 다시 토지로 돌아간 것이다. 죽음을 이르는 우리말은 많다. 그 가운데에 우리 겨레의 심성을 가장 잘 담은 말은 '돌아가다'다. 그렇다. 죽음은 돌아감이다. 어디로? 떠났던 곳으로. 그럼 떠났던 곳은 어디? 바로 이 물음에서 모든 문학은 출발한다. 인간의 근원, 삶의 뿌리, 우주의 시원. 그걸 끊임없이 캐고 뒤지는 게 문학이다.

박경리의 문학 역시 마찬가지다. 열여섯 권짜리 대하소설 『토지』로 대표되는 그의 문학은 바로 현재 우리 삶의 뿌리 찾기일 터이다. 토지는 곧 우리 삶의 터전이다. 그 터전에서 벌어진 것이 이 땅의 지난 역

> 박경리(1926~2008)
> 소설가 김동리의 추천을 받아 단편 「계산」을 발표하며 등단했다. 1969년부터 시작하여 1994년에 완성한 『토지』는 조선 말기부터 일제 강점기까지 한 양반 가문의 해체와 몰락을 그려 냈다. 『시장과 전장』, 『불신시대』 등의 작품이 있다.

사다. 작가는 역사가 일어나는 터전을 주목했다. 그 터전이 무엇인가? 바로 산천이다. 그 산천의 한쪽은 '토지'다. 그리하여 마침내 그는 깨닫는다. 토지는 바로 생명이라고. 그의 생명 사상은 여기에서 발원한다. 그는 일생의 대부분을 '토지'를 가꾸는 일에 몰두했다. 그래서 세상살이를 잘하지 못해 자신의 장례식에는 아무도 오지 않을 거라고 말씀하셨다. 그러나 그의 장례식에는 조문객이 넘치고 사회적인 관심도 폭발적이었다. 세상살이에는 어두웠어도 한 가지 일에 자신의 전 생애를 건 작가에 대한 존경의 염이 모아진 결과이리라.

언제일까? 나의 뇌리에 박경리라는 이름 석 자가 새겨진 게. 서가를 뒤진다. 있다. 1970년대에 나온 『김약국의 딸들』[*]! 손바닥만 한 삼중당 문고본으로 상하 두 권, 값은 700원씩이다. 책을 쥐니 손안에 딱 들어오면서 이 책을 살 무렵의 기억들이 살아난다. 여인네 몇이 유화로 그려진 책 표지. 표지 글은 '~의 딸들' 빼고는 작가 이름이고 출판사 이름이고 할 것 없이 모두 한자로 박혀 있다. 책 날개의 작품 소개도 온통 한자투성이다. "고고한 파초 같은 김약국의 성격적 파산, (중략) 독자가 감당할 수 없을 만큼 비극이 중첩되는 가운데 한 시대, 한 가정의 몰락상이 교향악을 이루는 거편!" 이 문구에 끌려 이 작품을 산 것은 아닐 것이다. '김약국의 딸들'이라는 제목이 호기심을 자극했을 것이다.

그렇게 작가와 첫 만남을 가졌지만 개인적으로 친분을 쌓은 적은 없다. 여느 작가들처럼, 선생이 주관

『김약국의 딸들』
박경리 장편소설로 1962년 출간 후 문단의 주목을 받는 동시에 베스트셀러에 올랐다. 지방의 유복한 한 가족의 몰락을 다섯 자매의 삶으로 풀어 내며 전통과 현대가 뒤섞여 급변하는 우리 사회의 모습을 조망했다.

하시던 토지문화관에 몇 달씩 기거하며 작품을 쓴 일도 없고, 선생의 강연회 같은 데에 찾아간 일도 없다. 몇 해 전 학생들을 데리고 토지문화관을 찾은 정도가 선생과의 인연이라면 인연이다. 그러나 작가와는 작품과 삶을 대하는 그의 자세로 인연을 맺는 법. 나는 선생의 문학하는 자세에 늘 고개를 숙이며 경의를 표했다.

선생은 낡은 손재봉틀을 책상 곁에 두고 지내셨단다. 글을 써서 생계를 꾸리지 못하면 삯바느질을 해서라도 먹고살겠다는 강한 의지의 표현이셨으리라. 작가라면 누구나 말할 때마다 곧잘 '목숨 걸고' 쓴다고 한다. 그러나 목숨을 걸어도 글만 써서 먹고살기는 보통 힘든 게 아니다. 나도 전업 작가를 꿈꿀 때 생각해 보았다. 창작이나 번역 등 문필 작업으로 생계가 되지 않을 때 무얼 하며 먹고살아야 할 것인지……. 난 택시 운전을 하기로 했다. 그래서 택시 운전을 할 수 있는 면허를 땄다. 글로 먹고살 수 없으면 언제든지 생활 전선으로 뛰어든다고 단단히 각오한 것이다. 그러나 다행히도 운전면허증은 써먹을 일이 없어 서랍 속에서 죽어 지내도 되었다. 훗날 선생의 손재봉틀 이야기가 나올 때마다 운전면허증을 떠올리며 새삼 글 쓰고 살 수 있는 삶에 대해 고마워했다.

선생을 떠올릴 때마다 질리는 것은 『토지』의 내용도 내용이지만 방대한 원고지 양이다. 무려 3만 하고도 1,200장! 원고지 100~200장 채우기도 결코 쉽지 않은 일인데 수만 장을 써냈으니, 도대체 그 힘은 어디에서 나온 것일까? 더더구나 컴퓨터로 찍은 것도 아니고 오로지 만년필로 작업하는 수공업 형태였다!

만년필로 대하소설을 쓴 작가는 많다. 『혼불』의 최명희*가 그렇고, 『태백산맥』의 조정래*가 그렇다. 그들 말고도 한 세대 전 작가는 모두 소설 쓰는 일이 수공업이었다. 최명희 선생은 일필휘지를 믿지 않는다고 했다. 나직나직하면서도 조곤조곤하게 말씀을 하시던 생전의 모습이 떠오른다. 그는 자신의 생애 대신 대하소설 『혼불』을 남기고 떠나왔던 곳으로 '돌아갔다.' 박경리 선생도 원고지를 마주하면 늘 절망스러웠단다. 글이 잘 풀려 나가지 않을 때면 원고지를 하염없이 바라보다가 펜촉을 원고지에 가만히 댔다고 한다. 그러면 신기하게도 글이 술술 풀려 나갔단다.

그리고 보니 『토지』와 『혼불』은 닮은 점이 많다. 두 분 모두 전 생애를 바쳐 혼신의 힘을 다해 손으로 원고지 농사를 지었다는 외양적인 모습 말고도, 여성이 주가 되어 굴곡진 우리의 근현대사를 견디는 모습을 그려 낸 것이 그렇다. 전환기 혼란한 시대에서 벌어지는 계급 간의 갈등, 가문의 가치 등이 실감나게 그려져 있다. 게다가 두 작품 모두 중심인물만으로 짜여 있지 않다. 부차적인 단역 역할에 지나지 않는 인물들도 생생하게 살아 있는 인물로 나온다. 보잘것없는 인생 같지만 누구 하나 가벼운 삶은 없다는 작가관이 스며 있는 것이다. 이런 작가적 태도는 두 분 다 생명에 대한 근원적 그리움을 가지고 있어서였다. 최명희 선생은 뭇 인간들의 삶 하나하나에 스며 있는 혼을 그리워했고, 박경리 선생은 인간은 물론 인간을 둘러싼 모든 것들의 생명 자체를 그리워했다. 그런 그리움이 그들을 소설을 쓰는 작가로 평생을 살게 했으리라.

두 작품 속의 여성상은 결국 우리 겨레의 영원한 모성상이다. 절대로 나약하지 않고 기품을 잃지도 않는 모성. 그 모성이 바로 이 땅에 발딛고 사는 우리 겨레의 혼이고 생명이리라. 그래서 그랬을까. 두 분 모두 죽음을 맞는 자세 역시 나약하지 않았고, 왔던 자리로 무심히 돌아가는 의연한 모습 그대로였다. 최명희 선생은 "아름다운 세상, 아름답게 살다 간다"는 말씀을 남기셨고, 박경리 선생은 폐암 판정을 받았으나 입원 치료를 마다하시고 지내시다가 마침내 '고통 없이 곱게' 돌아가셨다.

최명희 선생은 '돌아가실' 때에도 작가의 삶은 어찌해야 하는가를 스스로에게 물었다. 박경리 선생의 '돌아가심'을 다시 기억하며 새삼스레 다시 묻는다. 너는 어떤 모습으로 '돌아갈' 것인지를……

아직 끝나지 않은 이야기

시골, 그것도 도회와는 물길 산길로 수백 리 떨어진 반도의 서남쪽 하늘 밑에서 자란 까닭에 구식 추억이 많다. 도회의 우리 또래가 갖지 못한 그 구식 추억들은 해마다 먹는 나이에 고향까지의 거리를 곱한 것보다도 더 기나긴 이야기가 되어 이미 내 삶의 가장 밑자리를 이루고 있는 것도 있고, 더러는 아직도 진행 중인, 끝나지 않은 이야기로 이어져 있기도 하다.

나의 어린 시절, 겨울밤의 대부분은 멍석을 엮는 할아버지 곁에서 할아버지께서 읊조리시는 시조창[*]에 맞춰 윗몸을 조용히 흔들며 이야기책 같은 것들을 읽었다. 그러다 싫증이라도 날라치면 할머니께서 돌리시는 물레 소리를 자장가 삼아 벽 쪽을 보고 돌

> **시조창**
> 조선 시대에 확립된 3장 형식의 정형시에 반주 없이 일정한 가락을 붙여 부르는 노래. 조선 영조 때의 가객 이세춘이 만들었다고 전해진다.

아누워 잠을 청하곤 했다. 그러나 어딘지 모르게 슬픈 조선의 가락이 짙게 배어 있는 물레 소리는 소년을 쉽게 잠들도록 하지 않았다. 그래서 겨울밤이면 무수히 많은 꿈을, 특히나 눈사람이 되어 무엇인가를 끝없이 찾아 눈밭을 헤매는 꿈을 꾸고 또 꾸곤 하였다. 그날도, 아마 겨울방학 때였던 모양이다.

여느 때처럼 낮에 뒷산에 올라 땔감용 솔방울을 주워다 헛간에 날라 놓고 저녁상을 일찌감치 물린 뒤, 마을 공회당에서 가져온 야사집인가, 순정 소설인가를 버릇처럼 읽고 있었다.

할아버지께선 어린 손자가 무슨 책이 됐든 책을 읽는다는 사실만이 기특하신지 언제나처럼 책의 내용 같은 건 알아보려고조차 하시지 않고 멍석의 날에 가는 볏짚을 느릿느릿 감으시며 시조창만을 볏짚 가락처럼 길게길게 이어 가고 계실 뿐이었다.

소년은 그날따라 책이 재미가 없었는지, 아니면 겨울밤이 너무 길게 느껴졌는지 몇 번이나 측간을 들락거리며 밤마실을 나갈까 말까 망설이다 마침내 마을 아이들이 늘 모여 노는 집으로 갔다. 어쩐 일인지 마을에는 우리 또래의 아이들이 가장 많아서 학교에 오갈 때나 마을에서 놀 때나 항상 중심 무리를 이루고 있었다. 그날도 우리 또래들은 벌써 뭔가 일을 꾸미고 있었는지, 내가 앉자마자 다짜고짜 가위바위보를 하게 했다. 영문도 모르고 가위바위보를 하고 났더니 내게 특공대의 임무가 주어졌다. 낮에 마을로 엿장수가 들어왔는데(우리 마을엔 농한기 때면 어김없이 나타나는 엿장수가 있었다), 오늘 저녁에 마을에서 묵는 것 같으니 엿 서리를 해 오라는 것이었다. 아아, 낭패감! 하필 내가 엿 서리꾼 중의 한 놈으로 끼게 되다니! 전에 참외 서리나 고구마 서리 때도 그런 식으로 서리꾼을 뽑았지만, 용케도 난 그 틈에서 빠지는 행운을 잡게 되어 멀리서 망이나 보면 되었다. 그런데 이번엔 최종 행동대원 중의 한 명이라니……

낮부터 잔뜩 찌푸려 있던 하늘에선 기어이 눈이 펑펑 쏟아지는데 특공대로 뽑힌 녀석들은 특공대답지 않게 가슴이 두 근 반 세 근 반 하면서 어쩔 수 없이 임무를 수행해야 했다.

엿장수가 묵는 집 사랑방에서 마을 어른들은 술추렴 화투를 치는지 왁자지껄했고, 다행히 엿장수가 지고 다니던 엿판 등짐은 반침 끝에 놓여 있었다. 우리들은 살금살금 엿판으로 다가가서 엿판을 덮은 보자기 밑으로 손을 집어넣어 손바닥만 하게 만들어진 엿 조각 하나씩(그때 돈으로 그렇게 생긴 엿 조각 하나에 5원씩 했다)을 집어 들었다. 그러고 나서 걸음아 날 살려라 하고 도망쳐 나오는데 걸음은 왜 그리 더디고 속없는 개는 왜 그리도 짖어 쌓는지! 눈 위에 발자국까지 선명하게 찍어 놓고서도 대단한 개선장군인 양 으쓱거리며 또래들이 기다리는 곳으로 돌아와 보니, 같이 갔던 다른 애들 손에는 모두 자랑스럽게 엿 한 조각씩이 쥐어져 있는데 내 손엔 엉뚱하게도 책이 쥐어져 있지 않은가!

그럴 리가 없다, 그럴 리가 없다, 하고 아무리 다시 봐도 내 손엔 책뿐이었다. 책이래야 표지고 뭐고 앞뒤로 다 떨어져 나가서 가운데 부분만 남는데, 그것도 쥐오줌인지 뭔지가 누렇게 배어 있었다. 아마 엿을 싸 주기 위해 엿판에 같이 두었던, 그나마 누군가가 엿 조각 하나와 바꿔 먹었음 직한 것이었다. 어린 마음에 그 얼마나 낭패이던고! 분명히 엿을 집어 들었는데……. 그렇게 정신이 없었나……. 남의 물건을 훔치러 갔다 왔다는 죄의식은 없고 오직 제대로 훔치지 못한 것에 대한 창피함뿐이었다. 더구나 윗마을 아랫마을의 같은 또래 가시내들까지 와 있었는지라 머스마 꼴이 말이 아니었다. 영락없이 졸장부가 되고 말았다. 침착하게 엿 한 조각 못 집어 오고 엉겁결에 겨우 엿 싸 주는 종이뭉치나 집어 온 겁쟁이…….

그날 저녁 늦게 그 형편없는 전리품을 가지고 집에 돌아와선 할머니의 물레 소리를 더욱더 짙은 슬픔으로 느끼며 꿈속의 눈밭을 헤맸다. 속없는 개만이 우악스레 짖어 대는 꿈속의 눈밭엔 나의 발자국만이 길게 길게 이어져 있었다.

그 이후로 한참 동안 책이라곤 꼴도 보기 싫었다. 저놈의 책 때문에, 저놈의 책 때문에 내 꼴이 뭐람. 하필 책이야, 엿판 속에서……. 그러다가 그놈의 낯바닥이라도 봐야겠다는 심사가 생겨 문제의 원수 같은 책 부스러기를 뒤적여 보았다. 그런데 앞뒤 부분이 떨어져 나가고 없어서 무슨 책인지 알 수가 없다.

할아버지께서 보시는 한적(漢籍)처럼 실로 매기까지 했는데 앞뒤 부분이 뜯겨져 나간 탓에 그 실이 느슨해져 있었다. 그래도 고놈의 것을 한 장 한 장 검열하듯 넘기다 보니 은근히 재미가 생겼다. 형편없는 이야기책이나 주워 보던 촌놈에게 이전의 책들과는 내용이 완전히 다른 그 책이 그래도 '쬐끔은' 흥미를 끌긴 끈 모양이었다.

나중에야 그 책이 『백범일지』*라는 것을 알았다. 중학교에 들어가서

『백범일지』
독립운동가 김구의 자서
전. 1947년 아들 김신이 펴
낸 후 여러 출판사에서 재
간행되었다. 항일 독립운
동의 최전선에서 유서를
대신해 독립운동 투쟁 기
록과 소회, 통일국가에 대
한 이념과 염원을 기록해
많은 감동을 주었다.

김구(1876~1949)
정치가이자 독립운동가로,
상하이로 망명하여 대한민
국 임시정부를 조직했다.
육군 소위 안두희에게 암
살당했다.

새로 사귄 친구 집에 놀러 가게 되었다. 우리 마을에서 20리쯤 떨어진 마을에 사는 친구 집의 안방 시렁 위에는 책들이 많았다. 비록 낡은 책들이었지만 대부분이 그때까지 내가 못 보던 것들이었다. 그래서 이 책 저 책 뒤지다가 예의 '고놈의 책' 비슷한 것을 발견했다. 책 겉장엔 한자로 '白凡逸志(백범일지)'라고 쓰여 있었다. 아니, 그런데 친구 아버지를 어디서 뵌 듯했다. 아이쿠! 겨울이면 엿판을 지고 어김없이 나타나던 엿장수 그 양반이 아닌가!

그 후 고등학교를 빛고을[光州]에서 다니게 되었다. 입학한 지 얼마 안 되어 계림동이라는 곳을 지나다가 길가에 쫙 늘어서 있는 헌책방들을 보고 입을 벌리고 말았다. 세상에 책방이 저렇게 많다니! 그런데 그 순간 무엇인가가 뒤통수를 쳤다. 그렇다!『백범일지』를 사자. 훔친 것도 아니고, 부스러기도 아닌, 제대로 된 것을! 그러나 어렸을 때 만난, 맞춤법도 옛스럽고 한적처럼 실로 매인『백범일지』는 어디에도 없었다.

대학병원 지나서 양림동 쪽에도 헌책방이 많다기에 그곳까지 쫓아가서 죄다 뒤졌지만, 꼭 그렇게 생긴『백범일지』는 없었다. 친구 아버지께서 엿 대신으로 바꿔다 놓아 친구집에서 본 적이 있는『인간의 조건』이니『빙점』이니 하는 책들이 눈에 띄길래 괜히 그것들만 사 들고 오고 말았다. 백범 김구* 선생이 그렇게도 싫어하시던 일본 사람들의 책을『백범일지』대신 사 들고 오고 말았으니 나도 참……

그 후로 버릇처럼 된 것이 어디를 가나 헌책방이 있으면 들어가는 일이다. 들어가면 무엇보다도 내가 태어나서 처음으로, 그리고 마지막으로 훔친『백범일지』같이 생긴 책을 찾는다.

어렸을 적에 만난 부스러기 책을 온전한 것으로 구해 간직하는 것이 백범 선생께 예를 갖추는 것이 될 성싶어서. 아니, 굵직하게 기억되는 소년 시절의 모든 추억이 그 책을 만난 전후에 생긴 탓으로…… 그러나 아직도 꼭 그렇게 생긴『백범일지』를 못 만났다. 어쩌면 영원히 그렇게 생긴 책은 못 만날지도 모른다. 할아버지의 한적처럼 실로 매인 것은 그 당시 책 제본이 워낙 형편없어서 나중에 책 주인이 송곳으로 구멍을 뚫어 실로 꿰맨 것이었는지도 모른다. 하지만 나는 못 만날지도 모르는 책에 대한 꿈을 오늘도 키우고 있다.

『백범일지』가 새롭게 나오기까지 했지만 그러면 그럴수록 나의 꿈은 더욱더 길게 자란다. 아무리 예쁜 여자가 곱게 화장하고 멋진 모습으로 수없이 나타나도 헤어져 못 만나는 첫사랑의 소박한 여인이 오히려 찡한 설렘과 싱싱함을 더 간직하고 있기에 더욱 보고 싶듯이…….

그래서 나는 확신을 갖고 기다린다. 아랫목 천장의 메주 뜨는 퀴퀴한 냄새와 할아버지의 시조창 혹은 코 고시는 소리와 할머니의 물레 소리 혹은 한숨 소리가 내 속에 어우러져 있는 한은 언젠가는 만나게 될 '꼭 그렇게 생긴'『백범일지』를! 눈이라도 펑펑 쏟아지는 밤이면 더욱 애타게 기다린다.

겨울밤이면 까닭 없이 그저 꿈속의 눈밭 같은 곳이나 헤매던 나의 발걸음.

눈밭이 현실이 되고 현실이 다시 눈밭이 되며 끝없이 이어졌다 지워지고 다시 이어졌다 또 지워지곤 하던 소년 시절. 그 소년 시절의 여러 사연이 뭉쳐서 오늘의 내가 있고, 오늘의 나는 또 내일의 나를 위해 살아야 하기에 눈이라도 펑펑 쏟아지는 밤이면 나보다 먼저 방황하고 그 방황 끝에 그렇게 머물다 간 이들의 분신을 보고 싶어 나의 발걸음은 헌책방 쪽으로 향한다. 책이라는 분신을 통하여 먼저 간 사람들의 땀냄새라도 맡고 싶어서……. 그래서 아직 끝나지 않은, 어쩌면 영원히 끝나지 않을 삶이라는 이야기 하나를 위해, 날마다 새롭게 덧붙여지는 삶을 위해 난 늘 눈사람이 되어 눈밭을 헤맨다. 그러다가 지치면 눈사람인 내가 녹아 버릴 수 있는 곳, '거기, 그렇게 있음'으로 해서 나의 방황을 종식시켜 주는 곳, 그 문턱에 나의 발자국을 힘차게 찍는다. 문턱너머에서 말없이 기다리고 있는 수많은 얼굴, 다정한 그 얼굴들을 만나기 위해!

느리게 산다는 것의 의미

소달구지 지나던 길에 용달차가 달린다. 우편배달부가 가져오는 편지를 기다리는 대신 팩스나 전자우편을 기다린다. 손에 펜을 들고 종이에 한 자 한 자 눌러쓰는 대신 컴퓨터 자판을 두드린다. 우리는 지금 느긋해서 여유 있던 예전의 풍경 대신 빠르고 바쁜 풍경을 연출하며 산다. 그리하여 입에 달고 있는 말이 "빨리, 빨리!"와 "바쁘다, 바빠!"다.

그렇다면 빠르고 바빠진 만큼 우리 삶의 질도 같이 향상되었을까? 꼭 그렇다고 말할 수는 없을 것이다. 어쩌면 무엇 때문에 그렇게 속도를 내며 살아야 하는지, 바빠야 하는지조차 미처 살펴보지 못하고 거의 관성으로 살고 있는 사람들이 대부분일 것이다.

사실 현대 기술 문명은 속도전의 산물이다. 그러나 그 속도전은 결국 인간이 인간으로 존재해야 하는 권리를 상당 부분 빼앗고 말았다. 쉽

없이 돌아가는 기계와 한순간의 방심도 허용하지 않는 조직에 매달려 그저 앞만 보고 질주한 20세기의 인간 군상들!

좀 느리게 산다고 큰일 날 것 있을까? 게으름 좀 피운다고 세상이 거꾸로 뒤집어지나? 내가 남보다 조금 앞섰다는 것이 무슨 의미가 있을까? 살다가 가끔이라도 이런 생각을 해 본 사람이라면 『느리게 산다는 것의 의미』라는 책을 '천천히' 일독해 보자.

지은이는 '느림'이란 개인의 성격 문제가 아니라, 삶의 선택에 관한 문제라고 말한다. 그러기에 '느림'이라는 태도는 빠른 박자에 적응할 수 있는 능력이 없음을 뜻하는 것이 아니란다.

나아가 '느림'이란 시간을 급하게 다루지 않고, 시간의 재촉에 떠밀려가지 않겠다는 단호한 결심에서 나오는 것이며, 또한 삶의 길을 가는 동안 나 자신을 잊어버리지 않을 수 있는 능력과 세상을 받아들일 수 있는 능력을 키우겠다는 확고한 의지에서 비롯하는 것이란다.

'느림'의 삶을 받아들이느냐 아니냐에 따라 분명 삶의 평안함의 정도는 달라질 것이다. 왜 그럴까? 지금부터, 그야말로 '천천히' 생각해 보자.

이 책의 앞부분에는 17세기를 살고 간 프랑스 사람 파스칼*의 말 한 토막을 인용해 두었다. "인간의 모든 불행은 단 한 가지, 고요한 방 안에 들어앉아 휴식할 줄 모른다는 데서 비롯한다." 파스칼이 이 말을 하던 때도 바빴나 보다. 지금은 파스칼이 살던 때보

블레즈 파스칼
(1623~1662)
프랑스의 수학자, 물리학자, 철학자, 신학자다. 16세에 『원뿔곡선 시론』을 발표했다. 유고작인 『팡세』가 유명하다.

다 거의 400년 가까이 지났으니 훨씬 더 바빠졌겠지!

식당에 가서도 음식이 빨리 안 나오면 안달. 전자제품 수리하는 데 기사가 늦게 오면 안달. 심지어는 '당일 택배', '당일 배송'이라는 말도 생겼다. 우리가 얼마나 빠른 것에 목말라 있는지 알 수 있다. 휴대 전화 같은 것도 어쩌면 편지나 전보를 기다릴 수 없어서 생긴 물건일 터. 한때 휴대 전화 회사들은 속도 경쟁을 부추기기도 했다. 스피드(speed)나 빠름을 강조하면서……

이 모든 것이 자본주의 산업의 산물이다. 현대 사회는 '빨리 빨리를 권하는 사회'다. 물론 빨라야 할 것도 있다. 위험에 처한 응급 시에는 빨라야 목숨을 건질 수 있다. 그런데 그런 때에는 되레 늦다.

판소리나 산조 장단인 휘모리장단을 생각해 보자. 말 그대로 급하게 휘몰아친다. 곧 무슨 일이 벌어질 것 같아 불안하다. 그러다가 느린 곡조인 진양조가 나오면 한결 여유 있어진다. 삶도 급하게 몰아칠 것이 아니다. 진양조로 천천히 가더라도 자기 몫은 어딘가에 있게 마련. 이제 좀 느리게 가야 할 필요성이 느껴진다.

『슬로시티를 가다』는 느리게 사는 이 땅의 대표적인 지역을 탐방하여 그곳의 삶을 기록한 책이다. 느리게 산다는 것의 의미를 묻는 책이다. 오죽하면 이런 책이 나와야 했을까?

쿤데라*의 소설 『느림』의 번역판 뒤표지에는 《르몽드》*의 서평 가운데 한 대목을 인용했다. 옛날 중국의 화가 '추앙추'라는 이의 일화를 소개한 것이다. 그 화가는 '게'를 잘 그렸나 보다. 당시 황제가 게를 그려 달라고 하자 그는 열두 명의 시종과 집 한 채와 5년의 시간을 달라고 했단다. 황제도 어지간한 인간이었나 보다. 그러마고 했단다. 그런데 화가는 5년이 다 지나가도록 그림을 그리지 않았다. 그림은 시작도 하지 않으면서 다시 5년을 달랬단다. 황제가 또 그러마고 했단다. 5년이 또 지났다. 화가는 그때까지도 그림을 그리지 않고 있다가 10년이 다 될 무렵 붓을 들더니 한순간에 멋지게 게를 그렸다. 이건 빠른 것일까, 느린 것일까? 일필휘지로 그림을 그릴 수 있었던 까닭은 무엇일까? 느림 속에서 화가는 그렸다가 지우고 다시 그리며 세월을 보냈을 것이다. 화가의 느림을 기다려 준 황제도 뭔가를 아는 사람이지 않은가!

아름다운 세상, 잘 살고 간다

　'혼이 들어 있는 물건'이니, '혼이 쏙 빠졌다'느니 하는 말을 자주 한다. 그렇다면 '혼'이란 무엇일까? 혼이 무엇이기에 '들어' 있기도 하고 '빠지'기도 할까? 여기서 혼을 과학적으로 입증하거나 종교적으로 해석할 필요는 없다. 우리 민족의 원형 속에 담겨 있는 혼을 이르는 것이니까.

　우리 민가에서는, 예로부터 혼이 빠질 때는 불 상태가 되어 빠진다고 믿었다. 말하자면 '혼불'이 된다. 무릇 생명 있는 것은 모두 혼을 지니고 있는데, 생명이 다하게 되면 몸에서 혼불이 빠져나간다는 것이다. 그래서 누군가의 집 지붕 위에 혼불이 떠오르면 반드시 머지않아 그 집에 초상이 있으리라고 짐작했다.

　작가 최명희는 평생 동안 사전에도 올라 있지 않은 말인 '혼불'에 대해서만 생각하고 쓰다가, 스스로 '혼불'이 되어 이 세상을 떠났다.

소설 『혼불』은 작가 자신의 표현을 빌리자면 "목숨의 불이자, 정신의 불이며, 삶의 불"이라고 할 수 있는 혼불을 담고 있다. 그 혼불은 바로 사람을 사람답게 하는 불이고, 가문을 가문답게 하는 불이며, 겨레를 겨레답게 하는 불이었다. 혼불이 빠져나가면 생명은 껍데기만 남고 이내 곧 스러지기 때문이다.

지난 1980년 봄에 "그다지 쾌청한 날씨는 아니었다"로 시작해서 1996년 겨울에 "그 온몸에 눈물이 차오른다"라는 마지막 문장을 쓰기까지 작가는 17년 동안 오로지 『혼불』에만 모든 것을 바쳤다. 그것도 타자기나 컴퓨터의 도움을 받지도 않고 오로지 만년필 한 자루에 그의 온 생명을 실은 채 책상 위에 엎드려 200자 원고지 1만 2,000장을 한 칸 한 칸 채워 나갔다. 그래서 작가는 생전에 이렇게 말했다. "나는 원고를 쓸 때면 손가락으로 바위를 뚫어 글씨를 새기는 것만 같다. 날렵한 끌이나 기능 좋은 쇠붙이를 가지지 못한 나는, 그저 온 마음을 사무치게 갈아서 생애를 기울여 한 마디 한 마디 파나가는 것이다. 세월이 가고 시대가 바뀌어도 풍화 마모되지 않는 모국어 몇 모금을 그 자리에 고이게 할 수만 있다면. 그리하여 우리 정신의 기둥 하나 세울 수 있다면"이라고 말이다.

사실 '소설'이라고 했지만 『혼불』은 전통적인 소설 문법에 따른다고만은 할 수 없다. 그러나 소설 아닌 다른 이름을 붙일 만한 명칭도 없다. 『혼불』을 읽다 보면 유장한 판소리 가락을 귀로 듣는 게 아니고 눈으로 '듣는' 것 같은 느낌이 든다. 묘사 한 마디 한 마디에 그야말로 혼이 실린 그의 글은 문학의 전통적인 분류를 거부할 정도로 특이하다. 나는 그래서 '이야기'라고 하고 싶다. 문학 개론에서 말하는 서사 구조*와 갈등*이 어쩌고저쩌고하는 이야기가 아니라, 우리네 삶 속에서 끊임없이 이어져 내려오는 자연스러운 이야기 말이다.

『혼불』은 한 가문을 중심으로 한 가족사인 것 같지만, 그것만도 아니다. 시대를 배경으로 한 역사가 치밀하게 들어 있다. 아니, 무엇보다도 거의 박물지라고 할 만한 민속학적 자료가 들어 있다. 그러한 자료 모두 죽어 있는 것이 아니라 작가의 펜 끝을 통해 펄펄 살아 있다. 그러나 결코 흥분하여 떠드는 꼴로는 나오지 않는다. 작가의 평소 말투 그대로, 아무리 고통스런 장면일지라도 치밀한 묘사와 차분한 어조로 되어 있다.

작가 최명희가 그러했다. 생전에 자신의 작품에 대해 남에게 얘기할 때도 차분스럽기 그지없었다. 마치 마음이 넉넉하고 포근한 시골집의 누님이 어린 동생들에게 '조곤조곤' 이야기를 들려주는 그런 자세였다.

그는 갔지만, 그가 남긴 『혼불』이 있어서 덜 서글프다. 『혼불』이 그가 세상에 남긴 그의 모든 말이겠지만, 그는 마지막에 이렇게 말하고 갔다. "아름다운 세상, 잘 살고 간다……"라고 말이다. 얼마나 가슴을 치는 말인지 모르겠다. 나는 이 말을 늘 가슴속에

서사 구조
신화나 민담, 소설 같은 서사문에서 사건들이 결합하는 방식이나 서로 맺고 있는 연관 관계를 말한다. 흔히 '발단—위기—갈등—절정—대단원'의 5단계로 분석된다.

갈등
플롯 상의 대립과 투쟁 관계를 가리키는 개념으로 인물 상호 간 또는 인물과 환경 간, 인물 내부에서 일어난다. 인물의 성격을 드러내고, 세계관과 가치관의 대립을 드러내는 데 중요한 역할을 한다.

새긴다. 작가의 가슴속에선 이 어지러운 세상도 아름다웠구나, 라는 생각을 하면 다시 숙연해진다. 작가가 세상을 그렇게 느낄 수 있게 되기까지 얼마나 많은 수행이 있었을까! 물론 그 수행은 뭇 생명들이 저마다 가슴속에 지니고 있는 '혼불'을 사랑하는 일이었겠지만. 무더운 여름날 낮, 내 목숨에 대해 반성한다. 나는 얼마만큼 나의 '혼불'을 잘 지피며 간직하고 있는지를……

한 곳에 가만히 서 있으면 다 보이네

많은 사람들이 세밑과 정초를 정신없이 보낸다. 나도 이러저러한 모임에 불려 다니고, 밀린 일들을 마무리하느라 몸이 서넛이라도 모자랄 정도였다. 이 땅에 사는 대부분의 사람들도 그렇게 바빴으리라.

세밑 막바지엔 하루에도 약속이 몇 개씩 겹쳐 정말로 골머리가 다 아프고 몸살이 날 정도였다. 그렇게 정신없이 보내던 어느 순간, 문득 이런 생각이 들었다.

'내가 왜 이렇게 바쁜 거지?'

나를 바쁘게 하는 것들이 정말로 내가 세상을 살아가는 데 모두 필요한 것인가, 하는 의문이 들었다. 그러나 세상과 관계를 끊지 않고 있는 이상 이러저러한 일에 휘둘리는 것은 어쩔 수 없겠다는 생각도 들었다.

박찬(1948~2007)
1983년 시 「상리마을에 내
리는 안개는」으로 등단했
다. 시집 「수도곶 이야기」
「먼지 속 이슬」, 유고시집
「외로운 식량」이 있다.

살아 있는 것들, 특히 움직이는 것들은 서로 어떤 식으로든 간섭을 하거나 영향을 끼친다. 그래서 박찬* 시인은 『먼지 속 이슬』이라는 시집 속에 들어 있는 「식물이 되어 바라보다」라는 시에서 이렇게 노래했을 것이다.

어제는 참 힘든 날이었네. 계곡을 휘돌아 세찬 바람 불고 비 내려 나는 온통 젖어 흔들리고 있었네. 한자리에서 근 백 년을 살아온, 이를테면 어지간한 비도, 바람도 견딜 수 있을 만큼 튼튼한 뿌리를 가졌지만, 어제 같은 비바람에는 그래도 뿌리가 흔들릴 지경이었네.

움직이는 것들은 세상을 가만히 놔두지 않네.
바람도, 비도, 생각도……. (중략)

한 곳에 가만히 서 있으면 다 보이네. 바람도 비도 새도 찰나의 생각까지도. 움직이는 것들은 결코 볼 수 없는 세상 모든 것. 물 무늬지는 노을빛 하늘, 또는 소리의 향기까지도.

그렇다. 나무는 일단 뿌리를 내리면 자기 자리에서만 일생을 보낸다. 결코 돌아다니는 일이 없다. 그러기에 자신을 둘러싼 것들과의 관계에서도 수동적인 처지에 있다. 그러나 나무를 둘러싼 것들은 가만히 있는 나무를 건들기도 하고 할퀴기도 한다. 그러든 말든 나무는 묵묵부답이다. 적극적으로 대들기는커녕 싫은 소리 한 마디 하지 못한다.

그렇다면 나무는 자신이 뿌리를 내리고 바라보는 쪽의 세상만을 자신의 세계로 받아들일까? 결코 그렇지 않을 것이다. 나무는 가만히 있어도 자신과 관계되는 것 모두를 자신의 세계 안으로 끌어들인다. 시인의 말마따나 '한 곳에 가만히 서 있으면 다 보이'기 때문이다. 그러나 움직이는 것들은 움직이는 일에 바빠 자신의 세계는 물론 자신이 스치고 지나는 세계도 보지 못한다. 그저 '세상을 가만히 놔두지 않'고 흔들고 다닐 뿐이다.

그래서 그랬을까. 덕 높은 어느 노스님은 "수행자들은 여기저기 돌아다니지 말아야 한다"라고 늘 말씀하신단다. 한 곳에 진득하게 앉아 있어야 자신의 내면을 더 들여다볼 수 있으리라고 여기는 것이리라. 또, 자신의 세계를 볼 수 있으면 바깥 세계는 당연히 보인다, 라는 뜻일 수도 있겠고.

이 시를 쓴 박찬 시인은 몇 해 전에 유명을 달리했다. 그가 지금 서 있는 곳은 어디일까? 그곳에서도 가만히 서 있으면서 다 보고 있을까?

그는 나보다 십여 살 많은데도 나보다 더 젊었다. 목엔 무지갯빛 목도리를 두르고, 머리카락엔 푸르스름한 '브릿지'를 세상 뜰 때까지 하고 다녔다. 난 무채색 목도리만 두르고, 흰머리를 검게 염색도 못하는데……

놀이하는 인간

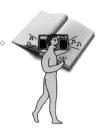

　　얼마 전, 어느 초등학교 앞에 있는 사무실에 들를 일이
있었다. 마침 날이 좋아 사무실 창문을 활짝 열어 놓았는데 창밖으로
는 바로 초등학교 운동장이 내려다보였다.

　나는 운동장을 무심코 내려다보다 혼자서 슬며시 웃었다. 우글대는
아이들 모습이 정말 예뻐 보여서였다. 이제 막 학교가 파한 시간이었다.
그런데 많은 아이들이 집에 돌아가지 않고 운동장에서 놀고 있었다.

　가만히 보니 이리저리 뛰어다니는 녀석도 있고, 땅바닥에 금을 그어
놓고 몇몇이 밀어 대기도 하고, 신발주머니를 하늘 높이 던졌다 다시
받는 동작을 되풀이하는 녀석도 있었다. 아이들은 저마다 나름대로의
방식으로 놀고 있었던 것이다.

　그 순간 나는 '놀이하는 인간'이라는 말이 떠올랐다. '인간은 무엇이

다'라며 정의를 내린 말이 많이 있지만, 나는 평소에 '놀이하는 인간'이라는 말에 많이 공감한다. 그래서 "잘 놀아야, 잘 살아진다!"라고 생각한다.

사실 노는 일엔 어른, 아이 따로 구분할 필요가 없다. 어른들도 아이들 못지않게 놀고 싶다. 그러나 이 땅에선 어른이 되면 잘 놀 줄 모른다. 초등학교 이후 제대로 놀아 보지 않았기 때문이다. 어쩌면 노는 법을 잊어 먹었는지도 모른다. 중고등학교 시절엔 획일적으로 대학 입시에 매달려야 하고, 대학에 들어가면 취직 걱정을 해야 하고, 대학을 졸업하면 대부분 마땅한 직장을 구하지 못하는 게 현실이다. 그런 현실인데 누구라서 잘 놀 수 있겠는가? 오로지 공부, 공부 한다. 하지만 그런 공부는 억지 춘향 격이라 제대로 된 공부가 아니다. 그래서 요즘엔 놀이조차도 공부를 해야 한다. '놀이 산업'이라는 말이 나온 것도 그런 저간의 사정과 무관하지 않을 것이다. 그렇지만 노는 것을 무시 못하기에 산업이 되었다. 노는 일도 산업이 될 정도로 무시 못할 인간의 활동 영역이 된 것이다.

우리가 지금 문화적이라고 하는 것은 상당 부분 놀이에서 출발했다. 그래서 예술의 기원도 놀이에서 많이 찾는다. 그런데 하위징아*의 『호모 루덴스』에서는 예술뿐만 아니라 인간의 웬만한 영역은 모두, 심지어는 특정한 전쟁의 형태까지도 놀이로 보고 있다.

요한 하위징아
(1872~1945)
네덜란드의 역사학자이자 문화학자로 흐로닝언 대학교와 레이던 대학교에서 역사 교수를 역임했다. 『중세의 가을』, 『에라스무스』 등의 저서가 있다.

　'놀이하는 인간(호모 루덴스, Homo Ludens)'이라는 말은 '생각하는
인간(호모 사피엔스, Homo Sapiens)', '만드는 인간(호모 파베르, Homo
Faber)'이라는 개념 못지않게 중요한 개념이다. 그 개념에 따르면, 인간
의 문명이라는 것이 놀이로서, 또 놀이 속에서 발생하고 전개되었다고
하는 논지가 전혀 어색하지 않다.

　지은이는 인간은 놀이를 통하여 그들의 인생관과 세계관을 표현하
는 것으로 보고 있다. 이런 차원에서 보면 인간의 공동생활 자체가 놀
이 형식을 가지고 있다고까지 할 수 있다. 그렇다면 결론은 무엇일까?
"놀이 정신이 없다면 문명은 존재할 수 없다"라는 것이다. 어떠한지? 공
감이 되는지?

　어찌 보면 현대인은 직장에서 보내는 시간보다 여가를 보내는 시간

을 더 중요시하는지도 모른다. 그런데도 여가를 제대로 누리지 못한다. 여가조차도 일의 연장이다. 여러분의 아빠나 엄마는 모르긴 몰라도 거의가 퇴근 시간 후, 혹은 주말에도 무엇을 할 것인지를 계획하고 있다. 그런데 '노는 것'이 아니라, 좀 더 '생산적인 것'이라야 한다. 오로지 일과 관련된 것만이 생산적이라고 생각한다. 어른들에게 노는 건 절대로 생산적인 일이 아니다! 어른들은 일 자체에서 놀이 요소를 잃어버리고 일중독자처럼 군다. 일도 놀이의 연장으로, 즐겁고 부담 없이 할 수 있는 방법은 없을까?

살아가기 위해서 살고 있는 게 아니라지만

집 나간 의붓자식 일락이를 찾은 허삼관이 아이를 등에 업고 걸어가며 퍼부어 대는 욕에는 자신의 처지가 다 들어 있다. 허삼관은 의붓자식 일락이를 차마 어쩌지 못한다. 미울 때는 욕을 퍼붓다가도 웃을 때 친자식들과 닮았다며 애써 자위한다.

"이 쪼그만 자식, 개 같은 자식, 밥통 같은 자식⋯⋯. 오늘 완전히 날 미쳐 죽게 만들어 놓고는⋯⋯. 가고 싶으면 가, 이 자식아. 사람들이 보면 내가 널 업신여기고, 만날 욕하고, 두들겨 패고 그런 줄 알 거 아냐. 널 11년이나 키워 줬는데, 난 고작 계부밖에는 안 되는 것 아니냐. 그 개같은 놈의 하소용은 단돈 1원도 안 들이고 네 친아비인데 말이다. 나만큼 재수 옴 붙은 놈도 없을 거다. 내세에는 죽어도 네 아비 노릇은 안 하런다. 나중에는 네가 내 계부 노릇 좀 해라. 너 꼭 기다려라. 내세에는 내가 널 죽을 때까지 고생시킬 테니……."

승리반점의 환한 불빛이 보이자 일락이가 허삼관에게 아주 조심스럽게 물었다.

"아버지, 우리 지금 국수 먹으러 가는 거예요?"

허삼관은 문득 욕을 멈추고 온화한 목소리로 대답했다.

"그래."

허삼관은 늘 피를 팔아 목숨을 부지하는 처지라 가족들을 배불리 먹이지 못한다. 그래서 말로 음식을 만들어 먹이기도 하고, 일락이만 빼고 국수를 먹으러 가기도 한다. 일락이도 국수가 먹고 싶다. 그래서 친부를 찾아가 보지만 어림도 없다. 결국 허삼관이 그를 다시 품는다. 아이는 국수 먹으러 가는 거냐고 천진하게 묻는다. 아비는 "그래"라고 짧게 답한다. 서로를 인정하고 받아들이는 모습이다. 엘리엇*의 시 구절처럼 "살아가기 위해서 살고 있는 게 아니"라지만(「시를 쓰는 법」) 허삼관은 다시 '살아가기 위해서' 피를 팔아야 한다. 아, 어찌할 수 없는 삶의 무거움이라니…….

중국 작가 위화*의 소설 『허삼관 매혈기』가 국내에서 〈허삼관〉이라는 영화로 만들어졌다. 영화는 소설과는 다른 문법을 가진 장르라 소설과 영화를 비교하는 것은 그다지 의미가 없다. 하여간 『허삼관 매

> **T. S. 엘리엇(1888~1965)**
> 영국의 시인이자 비평가로, 극작가로도 활동했다. '현대 시에 기여한 뛰어난 선구자'로 평가받으며 1948년 노벨 문학상을 받았다.
>
> **위화(1960~)**
> 중국 3세대 문학을 대표하는 작가로 1983년 단편 「첫번째 기숙사」를 발표하며 등단했다. 『가랑비 속의 외침』, 『살아간다는 것』 등으로 유명하다.

혈기』는 익살과 해학이 일품이다. 그러나 씁쓸한 애처로움을 같이 간직한 익살과 해학이다. 그냥 웃자고 하는 이야기가 아니다. 삶의 처연함이 들어 있다. 허삼관의 아내 허옥란의 출산 과정을 보면 생명이 어떻게 탄생하는지를 알게 된다. 그다지 즐거운 일이 아니다. 생명은 그렇게 세상에 던져진다.

『허삼관 매혈기』를 읽으면 떠오르는 소설이 있다. 김동인[*]의 단편 소설 「발가락이 닮았다」다.

"일락아, 가서 이락이랑 삼락이 좀 오라고 해라."

아들들이 다 모이자 허삼관은 그들을 침대에 일렬로 앉히고는 의자를 당겨 그 앞으로 다가가 앉았다. 그러더니 일락, 이락, 삼락이를 순서대로 훑어보고 다시 삼락, 이락, 일락의 순서로 살펴봤다. 세 아들은 영문도 모른 채 히죽거렸다. 그렇게 셋이 함께 웃는 모습이 비슷하다고 생각한 허삼관은 웃으며 말했다.

"애들아, 다시 한번 웃어 봐. 큰 소리로 웃어 보라니까."

그는 몸을 좌우로 흔들기 시작했다. 세 아들은 아버지의 익살스런 동작에 깔깔거리며 웃어 댔고, 허삼관도 따라 웃으며 말했다.

"자식들, 웃을수록 서로 닮았네."

허삼관은 혼잣말로 중얼거렸다.

"제까짓 것들이 일락이가 날 닮지 않았다고 하지만

김동인(1900~1951)
한국 근대 소설의 양식을 확립한 소설가로 문학 동인지 《창조》를 발간했다. 이광수에 대립하는 예술주의 문학관을 표방하며 유미주의 계열의 단편을 썼다. 소설을 순수예술로 이끌어 올리는 데 공헌했다. 「감자」 「운현궁의 봄」 등의 작품이 있다.

일락이, 이락이, 삼락이가 서로 닮았잖아. 아버지는 안 닮았어도 형제들이랑 닮았으면 됐지 뭐……. 이락이와 삼락이가 나랑 닮지 않았다고 하는 사람도 없고, 내 아들이 아니라고 하는 사람도 없잖아……. 일락이가 날 닮지 않은 건 상관없어. 지 형제들하고만 닮았으면 됐지."

김동인의 소설「발가락이 닮았다」에선 아이를 못 낳는 젊은 가장이 아이를 보며 애써 자기와 닮은 데를 찾는다. 아이의 가운뎃발가락이 긴 것을 발견하고선 그 발가락이 자기 발가락과 닮았다고 스스로 위안한다.

"이놈의 발가락 보게. 꼭 내 발가락 아닌가? 닮았거든……."
M은 열심으로, 찬성을 구하는 듯이 내 얼굴을 바라보았습니다. 얼마나 닮은 곳을 찾아보았기에 발가락 닮은 것을 찾아내었겠습니까.
나는 M의 마음과 노력에 눈물겨워졌습니다. 커다란 의혹 가운데서, 그 의혹을 어떻게 하여서든 삭여 보려는 M의 노력은, 인생의 가장 요절할 비극이었습니다. M이 보라고 내어놓은 어린애의 발가락은 안 보고 오히려 얼굴만 한참 들여다보고 있다가, 나는 마침내 이렇게 말하였습니다.
"발가락뿐 아니라, 얼굴도 닮은 데가 있네."
그리고 나의 얼굴로 날아오는 (의혹과 희망이 섞인) 그의 눈을 피하면서 돌아앉았습니다.

어떻게든 자기 자식으로 받아들여야 하는 처지가 애처롭다. 허삼관이 일락이를 자식으로 받아들이는 과정과 다른 듯 닮았다.

2장

상상의
나래를 펴다

엉뚱하지만,
엉뚱하지 않은 책 읽기

한때 책 읽기, 즉 독서가 이력서 따위의 취미란에 단골 메뉴로 오르던 적이 있다. 호랑이 담배 피우던 시절만큼이나 까마득한 옛날이야기다. 지금은 그 누구도 독서를 취미로 여기지 않는다. 책을 안 읽는 이는 안 읽어서 취미가 아니고, 책을 읽는 이는 독서란 일상적인 행위이지 취미가 될 수 없다고 여겨서 그렇다. 여기서 취미로 하는 독서란 바로 교양으로서의 독서를 이르는 것이다. 직업상 책을 가까이 하고 밤낮으로 책을 읽어야 하는 이의 독서는 일이지, 취미가 아니라고 여긴다.

독서를 취미로 하느냐, 일로 하느냐가 그렇게 중요할까? 독서는 그저 독서일 따름이다. 취미로 하는 독서조차도 결국은 그 자신의 직업에 어떤 식으로든 영향을 끼칠 것이고, 일로 하는 독서도 종국엔 읽는 이의 교양에 일정 부분 기여할 것이다. 하지만 세상 사람들은 취미 독서와 전문가 독서를 애써 구분한다. 이는 현대 사회가 뭐든 쪼개고 나누어 분화시킨 데서 그 연원을 볼 수 있다. 학문이든 예술이든 나눌 수 있는 데까지 나누어 칸을 쳐 놓고 전문가는 바로 자기 칸 안에서만 깊이 파고드는 사람이라고 이른다. 그러면서 자기 분야의 경계를 넘어 이웃을 기웃거리면 한눈파는 짓이라며 바로 질타를 한다. 그런 탓에 움츠러들 대로 움츠러든 이른바 '전문가 바보'가 출현한다. 자기 분야가 아니면 관심도 없고, 애초에 알려고도 하지 않아 부분만 겨우 알지 전체를 통찰하는 안목은 없는 것이다.

그런데 세상일이 어느 한 분야만 알아서 해결되는가? 사람이라는 생물체만 해도 그렇다. 생물학적으로 보든 인문학적으로 보든 사람은 어느 한 부분만 떼어 내서 설명할 수 없는 존재다. 그러나 현대 학문은 이른바 과학이라는 미명하에 온갖 분파 학문을 통해 연구만 하지, 전체를 통합하는 학문은 없다. 그러니 코에 대해선 알아도 눈에 대해선 모르고, 뇌에 대해선 알아도 마음에 대해선 모른다. 아니, 알 필요가 없다. 아는 체해 보아야 우스운 사람 취급당하기 일쑤일 테니까.

세상의 기준으로 보자면 내 전문 분야는 문학이다. 문학 가운데에서도 정식 등단을 거친 시와 희곡이어야 한다. 아니, 문학을 하기 전에는 대학 졸업 학위가 경영학사이니 시와 희곡은커녕 문학 자체와도 아예 거리가 멀다. 현대의 기준으로 보자면 사돈네 팔촌 정도의 인연도 없는 것이다. 그런데 나는 어쩌자고 그런 것에 얽매이지 않았을까? 바로 내 독서 버릇에 그 까닭이 있다.

나는 상과 대학을 다녔지만 되레 상과 대학에서 문학을 배웠다. 농촌 경제의 피폐한 현실에 대한 이론적 배경보다는 구체적 현실을 바로 보여 주는 소설과 시가 가슴에 더 와 닿았다. 만약에 상과 대학생은 경제학 관련 책만 읽어야 한다는 강박 관념이 나를 지배했다면 나의 모습은 현재와 많이 달라졌을 것이다. 나는 경제 원론이나 경영학 원론, 회계 원리보다는 이문구·송기숙·문순태의 소설과 문병란·김지하·김준태의 시를 열심히 읽었다. 아, 또 있다. 대학 1학년 교양 수학 시간에 읽은 『공간의 역사』라는 책 때문에 수학에도 관심이 촉발되어 적지 않은 수학 관련 서적을 읽었다.

『공간의 역사』는 김용운·김용국 형제 수학자의 공동 저작물인데, 아우인 김용국 선생의 강의를 듣게 되어 그 책을 접하게 되었다. '현대과학신서 51번'으로 나온 책인데(당시 책값은 550원), 지금 보니 여기저기 밑줄이 많이 그어져 있다. 그 책의 내용이야 다 기억할 수 없지만, 기본 요지는 이런 것이었다. 인류는 저마다 그 시대를 사는 공간 개념에 사로잡혀 살 수밖에 없다. 우리 조상은 땅이 네모지다는 공간 개념을 가지고 있어서 도성을 지을라치면 동서남북 네 곳에 큰 문을 달지만, 프랑스 사람들의 땅에 대한 공간 개념은 둥근 것이어서 파리 시내를 원형으로 만들고 중심에서 방사형 모양으로 뻗어 가는 도로를 만들었다는 것이다. 그리고 책에는 기하학과 얽힌 인류 문화의 여러 가지 얘깃거리가 들어 있다. 저자의 이런 생각은 수학만 파고들어서는 얻을 수 없는 것이었다. 아닌 게 아니라 나중에 알고 보니 형인 김용운 선생은 『수학과 인간』이니,『인간학으로서의 수학』이니 하는 수학에 대한 인문학적 책을 썼다. 내가 그의 독자가 되었음은 두말할 나위가 없다. 그는 '모든 사고는 수학에 환원할 수 있다'는 신념을 지녔고, 수학이라는 울타리를 뛰어넘는 독서가 있었기에 수학 밖에서 수학을 들여다볼 수 있었을 것이다.

그런 경험이 있어 나는 지금도 재미있는 수학책이 있으면 바로 집어 든다. 최근에 읽은 책은『수학은 아름다워』이고, 아들이 중학생 때엔 집합과 연립 방정식 문제집을 같이 풀었다. 이런 글을 쓰고 있지 않아도 될 나이가 되면『수학의 정석』같은 책을 풀면서 무더운 여름을 나도 좋으리라 상상해 본다. 수학에 대한 관심은 숫자 '0'에 대한 궁금증을 유발시켰고, 곧바로 '무(無)'나 '공(空)'에 대한 탐구로 이어져서 불교의 공 사상*과 철학의 존재론*에까지 관심이 갔다. 이러한 것들이 어우러져 언젠가는 내 작품의 한 지형을 이룰지도 모른다.

수학 얘기가 나온 김에 수학책을 좋아한 사람 한 분을 더 소개하자. 바로 체 게바라*다. 그의 의도와는 달리 자본주의 상품의 기호물처럼 취급되는 그의 사진과 생애. 그가 볼리비아 산속에서 게릴라 활동을 하던 시절 마지막까지 배낭에 넣고 다니던 책이 두 권 있었으니, 한 권은 수학책이고 다른 한 권

공 사상
인간을 포함한 모든 것에 고정 불변하는 실체가 없다는 불교의 교리로, 색즉시공 공즉시색(色卽是空 空卽是色), 즉 물질적인 현상과 공이 서로 떼려야 뗄 수 없다고 말한다. 이때의 공은 허무한 것이 아니라, 진리를 밝히는 방법이다.

존재론
존재하는 것을 모두 다루는 철학의 분야로 존재학 또는 실체론이라고도 한다. 아리스토텔레스에서 스콜라 철학을 거쳐 형이상학으로 연결되었다.

체 게바라(1928~1967)
아르헨티나 출생의 쿠바 정치가이자 혁명가다. 부에노스아이레스 의과 대학에 입학했지만, 친구와 모터사이클을 타고 남아메리카를 여행하면서 사람들의 고단한 삶을 경험하며 혁명가로서의 삶을 선택했다. 피델 카스트로를 만나 쿠바 혁명에 가담했다. 볼리비아 혁명을 위해 게릴라전을 벌이던 중, 정부군에게 총살당했다.

은 네루다*의 시집 『모두의 노래』였단다. 연결이 안 되는 듯하면서도 연결이 되는 '사건'이다.

이 밖에도 자기 영역 경계 밖의 엉뚱한 책을 즐겨 읽은 이들은 많다. 경제학자인 정운찬 교수는 야구에 관한 서적을 통독하여 그 방면에 상당한 식견을 지니고 있다 한다. 노동법학자인 박홍규 교수는 음악가 베토벤이나 화가 고흐나 고야 등의 평전을 썼다. 예술 분야의 책을 즐겨 읽는 수준을 넘어 집필하기까지 하는 것이다. 신문방송학과 교수인 강준만은

> **파블로 네루다**
> **(1904~1973)**
> 칠레의 민중 시인으로, 노벨 문학상을 수상했다. 『황혼의 노래』 『스무 편의 사랑의 시와 한 편의 절망의 노래』 등의 시집이 있으며, 네루다의 이야기를 담은 〈일 포스티노〉라는 영화가 사랑을 받기도 했다.

어떠한가? 그의 본디 전공은 언론사(言論史)이지만 사회 및 문화 비평까지 영역을 확대했다. 최근 25년간 200여 권의 책을 펴냈다니, 권수도 권수지만 그렇게 많은 책을 쓸 수 있었던 저력은 무엇일까? 이들 말고도 불교 철학에 빠진 물리학자나 공학자, 역사학에 빠진 법학자 등 영역 밖의 독서를 통해 경계 밖에서도 일가를 이룬 이는 수없이 많다.

이에 더해 보르헤스는 아예 세상의 모든 것이 들어 있는 백과사전을 즐겨 읽었는데, 백과사전의 '질서 정연한 우연'이 너무 좋아서 몇 시간씩 사전의 항목을 읽었단다.

이처럼 경계 밖의 독서를 단순히 '취미'로만 치부할 수는 없다. 경계 밖의 독서가 결국은 그 사람의 경계 안의 독서와 어우러져 틀에 박히지 않은 새로운 것을 창조해 내기 때문이다. 이른바 '잡종 강세' 현상으로, 함민복 시인이 노래한 것처럼 '모든 경계에는 꽃이 피기' 때문이다.

일기와 자서전

　　내 문학 수업을 처음 듣는 학생들에게 나는 반드시 몇 가지 설문 조사를 한다. 여러 항목 가운데 빠지지 않는 것은 일기에 관한 것이다. 일기를 쓴다면 왜 쓰는지, 얼마 동안 쓰고 있는지 등을 묻고, 쓰지 않는다면 왜 안 쓰며 언제부터 쓰지 않고 있는지를 묻는다. 물론 일기를 쓰느냐 마느냐에 따라 문학적 역량이 가늠되는 건 아니다. 그럼에도 학생들에게 묻는 것은 바로 자신의 삶의 바탕을 들여다보고 사는지를 알아보기 위해서다.

　　인간은 기본적으로 기록 본능을 지니고 있다고 본다. 기록을 함으로써, 기록을 하는 능력을 지니고 있음으로 해서 인간은 만물의 영장 자리를 누리는 것이리라. 그런데 기록을 하는 이유가 단순히 어떤 정보나 지식 전수를 위한 것만일까? 그렇지 않다. 기록을 하는 이유는 기억을 보완하기 위한 것이기도 하지만, 나는 무엇보다도 소통과 성찰이라고 본다. 내가 학생들에게 일기에 관해 묻는 건 바로 소통과 성찰 차원의 문제다. 적어도 문학 수업을 듣겠다고 온 사람이라면 최소한 자신 안에서 소통과 성찰을 하고 있는지가 궁금한 것이다.

일기는 자신의 내밀한 기록이다. 그래서 독자를 의식하지 않고 아무렇게나 쓰면 된다고 생각한다. 그러나 과연 그럴까? 나는 일기조차도 독자를 의식하며 쓴다고 본다. 즉, 소통을 전제로 하는 것이다. 그럼 누구와 소통하는가? 일기를 쓰는 자신과 읽는 자신과의 소통, 혹은 보이지 않는, 그러나 애타게 내 심정을 알아 달라고 무의식적으로 매달리는 존재와의 소통.

결국 일기는 내놓고 독자를 의식하지는 않지만 쓰는 행위 내내 독자를 의식하지 않을 수 없다. 바로 그 과정에서 일기 쓰기는 저절로 자기 성찰이 된다. 나아가 일기를 씀으로써 자기 치유 효과를 보기도 한다. 인간은 자신의 고민을 털어놓기만 해도 가슴이 후련할 때가 많다. 일기장은 자신의 고민을 성실히 들어 주는 상담원이다. 고은* 시인이 펴낸 1970년대의 일기 『바람의 사상』을 봐도 알 수 있다. 일기를 쓰던 무렵은 정치적으로 무척 어두운 시절이다. 그런 상황에서 하루하루 견뎌 가는 시인의 모습이 일기에 잘 그려져 있다. 짧은 몇 줄의 글, 몇 마디의 어휘 속에 일기를 쓴 사람의 모든 것이 들어 있다. 시인은 끼적거린 일기를 통해 자신만의 방식에 따라 소통과 성찰을 했던 것이다. 물론 독자는

고은(1933~)
1958년 시「봄밤의 말씀」,「눈길」,「천은사운」 등을 발표하며 등단했다. 시, 소설, 평론 등 120여 권의 저서를 내며 국내외 주요 문학상을 두루 수상했다. 1970년대 이후 민주화 운동과 노동 운동에 적극적으로 참여하기도 했다.

자기 자신이었을 것이다. 몇십 년 지나 일반 독자가 생긴 건 가외의 소득일 뿐.

일기가 하루하루의 기록이라면 자서전은 인생 전체에 대한 기록이다. 그렇기에 자서전은 인생을 마무리할 무렵에 쓰는 것이 일반적이다. 그러나 권력을 잡은 자들은 자리에 앉자마자 자서전부터 내서 뿌린다. 아니, 권력의 자리를 염두에 두는 순간에 바로 자서전을 써서 선거용으로 쓴다. 그런 자서전은 거의 자화자찬이다. 그나마 자신이 직접 쓴 건 없다. 거의 대필 작가가 '구성' 해 주는 것이다. 정치인만 그런가? 연예인이나 재벌급 기업인도 걸핏하면 자서전을 낸다. 물론 자서전을 내는 일 자체를 탓할 건 없다. 다만 읽으나 마나 한 내용을 남 시켜서 쓴 뒤 자신의 인기 유지를 위해 대형 서점에서 사인회까지 열며 호들갑을 떠는데, 글쎄 나무들에게 참으로 미안한 일인 줄이나 아는지 모르겠다.

대중들은 기본적으로 남의 사생활을 엿보고 싶어 한다. 이른바 관음증을 지니고 있는 것이다. 남의 삶을 통해 자신의 삶을 변화시키려는 의도보다는 시시콜콜한 사항을 통해 일상의 흥밋거리를 제공받고 싶어 하기 때문이다. 그래서 정치인이나 연예인이나 기업인은 기회가 있을 때마다 자서전을 써서 자신의 이미지를 가꾸려 한다. 어떤 식으로든 대중의 입에 오르내려야 득이 있다고 생각하는 사람들이므로.

적어도 나무에게 죄를 짓지 않으려면 함부로 자서전을 낼 일이 아니다. 더더구나 자신의 인기를 위해 자서전을 내선 안 된다. 자서전은 살

만큼 살고 인생에 대해 어느 정도 관조와 경외감이 생겼을 때 진솔하게 써야 할 것이다. 내가 읽은 자서전 가운데 그런 조건에 어느 정도 부합한 것은 칠레의 민중 시인 네루다의 자서전과 인도 독립을 위해 헌신한 간디*의 자서전, 그리스의 현대 문학을 대표하는 카잔차키스*의 자서전, 그리고 김구의 『백범일지』 정도다. 아, 또 있다. 지금은 사라진 뿌리깊은나무 출판사에서 펴낸 바 있는 〈민중 자서전〉 시리즈. 이 땅의 토박이 민중들의 진솔한 삶이 구술에 의해 기록되어 있는데, 문화사적으로나 생활사적으로나 독보적인 자서전이라 할 수 있다.

구술 자서전은 그전에도 있었다. 대한민국의 초대 대통령이던 이승만의 『이승만 박사전』. 이 자서전은 6·25 사변이 나기 전해에 시인 서정주*가 쓴 것이다. 서정주는 수시로 이승만 '박사'를 만나 그의 생애를 기록한 뒤 『이승만 박사전』을 냈다. 아마도 이승만은 대한민국의 대통령보다는 '박사'라는 호칭을 더 좋아했던 것 같다. 그런데 책을 받은 이승만이 책을 판매 금지시켰다. 이유인즉슨 서정주 마음대로 썼다는 것인데, 자서전 형태가 아니라 3인칭 전기 형태여서 그랬단다. 다시 말해 자신의 독특한 어법인 "나, 이승만은……" 하고 문장이 시작되어야 되는데 서정주가 그리하지 않았다는 것이다.

마하트마 간디
(1869~1948)
인도의 민족 운동가이자, 건국의 아버지다. 남아프리카에서 인종 차별에 반대하는 투쟁 활동을 펼치며 유명해졌다. 제차 세계 대전 이후 영국에 대한 비폭력 저항 운동을 전개했다.

니코스 카잔차키스
(1883~1957)
그리스의 시인이자 소설가, 극작가로 작품에서 인간의 자유에 대해 탐구하고 한계에 도전하는 인간상을 그려냈다. 『그리스인 조르바』, 『오디세이아』 등의 작품이 있다.

서정주(1915~2000)
《동아일보》 신춘문예에 시 「벽」으로 등단하여 《시인부락》을 창간하고 주간을 역임했다. 시집 『귀촉도』, 『서정주 시선』 등 900여 편의 시와 15권의 시집으로 문학적 성과를 인정받았으나 일제를 찬양하는 시와 소설을 쓴 행적으로 2002년 '일제하 친일 반민족행위자' 명단에 올랐다.

자서전은 기본적으로 자신의 기억에 의존하는 기록물인데, 기억이라는 것은 언제고 의식적, 무의식적으로 재구성되기 마련이다. 그런 까닭에 대부분의 자서전은 필요에 따라 자신의 치부는 감추고 자기 합리화나 자화자찬 따위로 채워져 있다. 그래도 젊은 날 나의 가슴을 울린 자서전이 있다. 바로 아프리카의 성자로 일컬어지는 슈바이처의 『나의 생애와 사상』. 나의 진로와는 그다지 연관이 없는 삶을 풀어 놓은 자서전이지만, 문고판으로 나온 그 책을 몇 번이나 읽고 또 읽었다. 인간의 존엄성과 자신의 일에 대한 성실성이 느껴져서였다. 자서전은 아니지만 아인슈타인이 쓴 글을 모은 『나는 세상을 어떻게 보는가』도 여러 번 읽은 책이다. 세계의 평화에 대한, 학문에 대한 진지한 성찰이 느껴져서였다.

과연 나는 죽기 전에 어떤 자서전을 남길 것인가? 어쩌면 내가 쓴 모든 글이 나의 자서전이지 않을까? 그렇다면 애써 수고롭게 중언부언하며 자서전을 새삼 쓸 필요는 없겠군. 하지만 청소년들에겐 일기와 자서전 쓰기를 권한다.

지금 청소년기를 보내고 있는 젊은 친구들은 나중에 무엇이 될지 스스로도 모른다. 아무런 규정 없이 자라기만 하면 된다. 그렇다고 방종하게 살라는 말은 아니다. 자기 자신이 되는 것! 오로지 그것이면 충분하다. 그러려면 일기를 쓰는 게 좋다. 일기를 쓰는 저녁엔 치유가 되고, 아침엔 저녁에 쓴 일기를 보며 성찰을 한다. 치유와 성찰. 이것을 오랜 세월 반복하면 진정한 의미의 '자기 자신'이 된다.

지금의 순간에 다가올 미래를 그리며, 혹은 미래의 어느 때에 과거를 그리며 자서전을 써 보는 것도 좋은 방법이다. 그렇게 써 보는 일은 '자기 자신'을 좀 더 구체적으로 알 수 있는 방법이기 때문이다.

그 많던 조기들은
지금 어디 가서 울고 있을까?

동해엔 명태가 있고 남해엔 멸치가 있다. 그러면 서해엔?

서해엔 조기가 있었다. 여기서 '있다'라는 현재형이 아니라 '있었다'라고 과거형을 쓴 까닭은 글쓴이가 굳이 설명을 하지 않아도 알 수 있으리라. 그렇다. 조기는 지금 별로 없다.

그 옛날, 멀지도 않은 20~30년 전만 해도 조기는 참으로 우리 서민들에게 친근한 생선이었다. 입맛이 없을 때 간이 잘된 참조기 한 마리만 있으면 밥 한 그릇 정도는 쉽게 비울 수 있었다. 그러나 점차 참조기는 사라지고 부세나 백조기만 남게 되었다. 부세와 백조기는 참조기와는 사촌이나 육촌쯤 되는 관계일 뿐이다.

부세와 백조기도 그다지 맛이 떨어지는 생선은 아니다. 그러나 참조기에 비할 바는 아니다. 오죽하면 사촌과 육촌에 물감을 들여 참조기

처럼 보이게 해서 팔려고 할까? 사람들의 입은 기가 막히게도 그러한 촌수를 잘도 따져 먹기 때문이다.

"버스 정류장에서 어떤 아주머니가 영광 굴비라며 조기를 팔기에 한 두름 사 왔어요. 예전엔 한 마리 가지고 온 식구가 다 먹었는데, 이제 한 두름 사 왔으니까 식구마다 한 마리씩 먹읍시다!"

아빠가 퇴근길에 조기 한 두름, 즉 열 마리를 사 왔다. 그러면서 어렸을 때 먹던 기억을 떠올리며 입맛을 다셨다. 엄마가 조기 두름을 이리 저리 살펴보더니 고개를 저었다.

"당신, 속은 거 같은데요?"

"엥? 조기에 속을 일이 뭐 있어요?"

"조기가 아니에요. 부세예요. 부세!"

엄마는 아빠가 사 온 '영광 굴비'가 부세에 물감을 들여 조기처럼 보이게 한 것이라고 목소리를 높였다.

"부세면 처음부터 부세라고 하지……. 조기하고 부세하곤 값 차이가 많이 나는데……."

"어쩐지 색이 곱고 싸더라고……."

아빠가 뒷머리를 긁적였다.

웬 조기 타령일까? 『조기에 관한 명상』이라는 책 때문이다. 이 책은 조기라는 물고기 한 마리를 소재이자 주제로 해서 쓴 책이다. 사람도 아닌, 조기가 책의 주인공이 될 수 있다니!

지은이는 우리 문화의 원형을 밝혀 내기 위해 전국 방방곡곡을 훑고 다니는 민속학자다. 민속학자가 쓴 조기 책답게 조기와 우리의 생활에 관련된 자료가 잘 정리되어 있다. 그러나 전문가만이 읽어야 하는 어려운 책은 아니다. 우리의 밥상과 사라져 가는 것들에 대해 늘 안타까움을 갖고 있는 '보통 사람'이면 누구나 쉽게 읽을 수 있다. 특히 지은이의 문장이 맛깔스러워서 책 한 권이 재미있는 에세이집처럼 금세 읽힌다. 그러나 읽고 난 다음엔 조기에 관해 명상하느라 책을 읽은 시간의 몇 배를 조기에게 바쳐야 한다.

제사상에 어김없이 올라 절을 받던 조기였다. '물 한 말에 고기가 석 섬'이라 할 정도로 많이 잡히던 조기였다. 그러나 지금은 제사상에 참

조기 한 마리 올리기가 쉽지 않다. 또 칠산 바다에서고 연평 바다에서고 조기들의 울음소리를 예전처럼 들을 수 없다. 그렇다면 그 많던 조기들은 지금 어디 가서 울고 있을까?

구부야 구부야
눈물이로구나

문전 세 재는 웬 고개인고

구부야 구부구부 눈물이로구나

아리 아리랑 서(스)리 서(스)리랑

아라리가 났네

아리랑 응응응 아라리가 났네

    고향 진도에서 어렸을 때 늘 듣던 〈진도아리랑〉의 한 대목이다. 〈진도아리랑〉은 〈아리랑〉 중에서도 판소리 맛이 두드러진다. 그래서 가사에 따라 빠르게 부르느냐, 느리게 부르느냐에 따라 어깨춤이 절로 날 정도로 흥이 솟기도 하고, 가슴이 찌릿할 정도로 싸한 느낌이 들기도 한다.

"문전 세 재는 웬 고개인고"는 곧잘 "문경 새재는 웬 고개인고"로 불린다. 발음이 비슷하다 보니 문경에 있는 높은 고개인 새재(조령)로 바뀌기도 한다.

그런데 전라도의 변방에 있는 섬 지방에서 불리는 노래 가사에 내륙 지방인 경상도 산골의 고개 이름이 왜 나올까?

전설에 따르면, 신분이 무척 낮은 집안에서 태어난 한 총각이 자신의 처지를 받아들일 수 없어 무작정 집을 나가 육지로 갔단다. 그래서 경상도 땅 어디에서 머슴을 살게 되었는데, 양갓집 처녀와 눈이 맞아 밤 봇짐을 싼 뒤 도망을 갔다. 그런데 문경의 새재를 넘는데 그 고개가 얼마나 험한지 신세 한탄하는 노래가 절로 나오더란다. 전설이 그러하듯 다른 전설도 또 있다.

전설은 전설대로 그럴싸하고, 어려서 들은 문 앞의 세 고개도 그럴싸했다. 예전의 여인들 삶은 지금보다 혹독했다. 안방에서 부엌으로 나가는 문, 부엌에서 마당으로 나가는 문, 마당에서 사립 밖으로 나가는 문은 여인들의 삶을 상징하는 거란다. 문경 새재가 아니라 문전 세 재, 즉 문 앞의 세 고개라는 것이다. 태어나고, 살고, 죽는 과정, 그것도 세 고개이고…….

문경 새재든, 문전 세 재든, 험한 고개를 넘어야 하는 일만은 같다. 어쨌든 사랑을 이루려면 그 험하다는 문경 새재를 넘을 정도의 어려움도 이겨 내야 한다는 상징으로 이 노랫가락을 새겨듣곤 한다. 또한 삶을 살아가는 것은 인생의 세 고개를 넘는 일이라는 것도…….

험한 고개를 넘어 새로운 삶을 찾아 떠나는 젊은 연인의 도피 행각은 결코 만만치 않았을 것이다. 그래서 구부구부(굽이굽이)마다 눈물을 뿌리지 않을 수 없었으리라.

우리 민족은 늘 어려움을 고개 넘는 일에 견주었다. 그래서 춘궁기는 보릿고개로까지 표현된다. 배고픈 일을 이기는 것도 고개를 넘는 일이다.

심지어는 죽어서 넘어야 하는 것도 고개다. 그래서 상여 나갈 때 부르는 〈만가〉*를 들어 보면 "어화 넘자"라는 후렴이 많이 나온다. 물론 이때는 넘어야 할 것이 한두 개가 아닐 터. 이승에 두고 갈 모든 인연과 저승에 새로 들어갈 때 만나는 모든 것, 그러한 것들이 모두 넘어야 할 것으로 여러 상징이 되는 것이리라. 아무튼 저승길 가는데도 나오는 것마다 고개를 넘듯 넘어야 한다. 저승 가는 길도 쉽지 않다는 말이다.

흘러간 가요를 보면 고개를 넘는 일은 발길이 차마 떨어지지 않는, 가슴 쓰라린 일들이 주를 이룬다. 〈비 내리는 고모령〉이 그렇고, 〈울고 넘는 박달재〉가 그렇다. 〈추풍령〉은 또 어떻고.

고개를 넘는 일은 다른 세상으로 들어가는 일이다. 그러기에 고개를 넘는 일은 이별을 전제로 한다. 물론 차마 발길이 떨어지지 않고, 가슴이 미어지지 않고는 할 수 없는 힘든 이별이다. 그러한 이별이 고개에서 이루어졌다. 그것조차도 인생에 있어 또 한 고개를 넘는 일인 것이다.

〈만가〉
상여꾼이 상여를 메고 갈 때 부르거나, 봉분을 다지면서 부르는 구슬픈 노래. 지방에 따라 가사와 종류가 다양하다. 죽은 사람을 애도하는 노래와 시, 글을 뜻하기도 한다.

『마음도 쉬어가는 고개를 찾아서』를 펴고 글쓴이가 펼쳐 놓은 고개를 한 고개 한 고개 넘으며 삶의 애환을 느껴 보는 밤이다. 비바람이 창문을 부술 듯한 기세다. 이 밤 모두 잘 넘기시길!

판타지,
현실 밖의 세계에서 펼쳐지는
현실 이야기

요즘 들어 판타지 동화*에 대한 관심이 많아졌다. 특히 서양 사람이 쓴 『해리 포터』라는 책이 인기를 얻은 뒤부터는 더욱 그렇다. 『해리 포터』 때문에 그전에 나온 웬만한 판타지 동화는 '시시해져' 버렸다. 왜일까? 그전의 동화는 판타지 형식을 빌렸더라도 삶의 진지함을 다룬 데 반해, 『해리 포터』는 같은 판타지 형식이더라도 자본주의를 사는 아이들의 가벼움을 다루었기 때문이다.

가벼움은 자본주의 소비문화*의 가장 큰 특징이다. 그래서 영화이고 텔레비전이고, 가벼움을 다룬다. 그래야 '장사'가 된다. 문제는 그러한 매체보다 삶의 바탕을 더욱 깊이 들추어내서 보여 주어야 할 문

> **판타지 동화**
> 주로 요정 등 상상 속의 존재들이 등장하는 동화로, 판타지 문학의 원형이 된다고 볼 수 있다. 판타지 문학은 여기서 더 나아가 초자연적 존재들을 통해 하나의 완결된 세계관을 만들어 내어 세련된 모습으로 발전시킨 것이다.

학마저, 더욱이 아동 문학마저 갈수록 가벼워진다는 것이다. 그러다 보니 그야말로 '꿈 같은' 이야기들을 잔뜩 늘어놓는 동화들이 마구 쏟아져 나온다. 그러나 정말 제대로 된 '꿈 같은' 이야기는 그런 게 아니다.

자본주의를 사는 아이들은 어른들과 마찬가지로 소비문화와 찰나적인 재미에 흠뻑 빠져 있다. 지금 시대의 사람들은 어른들이고 아이들이고 할 것 없이 삶의 본바탕을 생각하는 것은 지루한 일로 여기기 때문이다. 그저 재미있고 순간을 즐길 수 있으면 그만이다. 작금의 영화와 텔레비전 연속극을 보라. 모조리 뜬구름 잡는 이야기이고, 한탕 하는 이야기다. 어느 구석에 우리 삶의 처절함이 들어 있는가? 그야말로 현실에 발 딛고 있는 사람들의 이야기가 아니다. 모두들 잘 먹고 잘 쓰고 잘 즐기는 이야기에 넋이 나가 있다. 노력하는 모습은 나오지 않는다. 어느 날 갑자기 벼락 떨어지듯 안겨 오는 행운을 만나 그렇게 되는 것이다. 정말 '환상적'인 이야기다. 대다수 사람들에겐 평생을 가도 일어날 수 없는. 그런데도 사람들은 그런 행운이 자신한테도 일어났으면 하는 꿈을 꾼다. 꿈이라도 꾸어야 현실을 견딜 수 있기 때문일까?

자다가 꿈을 꾸면 꿈은 현실일까? 비현실일까? 꿈속의 이야기는 지금 바로 실행되고 있는 일은 아니다. 그런데 꿈을 꾸는 사람은 현실 속에 살고 있다. 어쩌면 현실을 살고 있기 때문에 꿈을 꾸는지도 모른다. 죽은 자는 꿈도 꾸지 않을 테니까. 그렇다면 꿈은, 꿈속의 이야기는 현실의 연장이 아닐까? 그런데도 많은 작가들은 현실의 연장이 아닌, 황당한 이야기를 '꿈'으로 포장한다.

판타지 동화라고 해서 현실을 무시하고 황당한 이야기를 다루는 것이 아니다. 인간이 자다가 꿈을 꾸든 눈을 감고 상상하든, 현실 밖의 세계 역시 현실의 연장이다. 판타지 세계 역시 현실을 바탕으로 하여 재구성되는 세계이기 때문이다. 어쩌면 현실 세계는 판타지 세계를 통해 더 잘 들여다보이는지도 모른다. 여기에 판타지 문학의 존립 근거가 있다. 문학이 심심풀이 땅콩이 아닌 이상.

『거울 전쟁』은 작가가 오랫동안 동북아 유목민족의 신화에 대해 공부한 것을 바탕으로 해서 쓴 판타지 동화다. 작가는 이미 신화 공부를 바탕으로 하여 연작 판타지 동화 『고양이 학교』를 발표한 바 있다. 『거울 전쟁』은 아예 『고양이 학교』의 속편이라는 표시를 달고 나왔다. 『고양이 학교』는 몇 가지 아쉬운 점이 있긴 해도 서양 판타지와 달리 자연과 인간을 따로 나누는 수준을 뛰어넘은 것으로 여겨졌다. 『거울 전쟁』 역시 서양 사람들의 세계관과는 다른 우리 정서에 바탕을 둔 판타지 동화라 할 수 있다.

이야기는 민준이 아빠가 중국에서 우연히 사 들고 온 오래된 청동 거울에서 시작된다. 작가는 우리 민족의 발상지를 몽골과 시베리아의 경계에 있는 바이칼 호로 보고, 그곳을 세계 마법의 중심지로 여긴다. 작가는 지금 우리가 잃어버린 마법 이야기를 하고 싶은 것이다. 왜 하필 지금 케케묵은 옛이야기 같은 마법에 대해 이야기하고 싶어 할까?

바로 우리들의 무의식 속에 잠자고 있는 영성을 깨워 싸움에 빠져 일그러지고 흐트러진 세상을 본디 모습으로 바로잡고 싶은 것이다. 그러기에 민준이와 세나를 청동 거울을 통해 무너져 가는 영혼계를 구하러 떠나보내는 것이다. 그 과정에서 외국인 노동자의 인권 문제 같은 현실적인 일도 다루어지는데 아귀가 잘 맞아떨어진다.

현실 세계의 문제와 판타지 세계의 문제가 따로 나뉘는 게 아니다. 판타지 세계 역시 어디까지나 현실 세계를 바탕으로 해서 이루어지기 때문이다. 어쩌면 판타지 세계가 있어 현실 세계가 이루어지는지도 모르지만……

책은 위험하다!

　인간이라는 동물은 본질적으로 기록 본능을 지니고 있다. 그래서 종이가 발명되기 전에도, 인쇄술이 발달하기 전에도 '기를 쓰고' 기록을 했다. 처음엔 바위나 동굴 벽 같은 곳에 기록하였으나 차츰 점토, 갈대 잎, 대나무 따위를 거쳐 마침내 종이에 기록하게 되었다. 책이라는 물건의 그럴싸한 꼴은 종이에 기록을 하게 됨으로써 비로소 갖추게 되었으리라.

　『책과 노니는 집』은 바로 종이 책에 관한 이야기다. 하지만 책을 만드는 과정을 주로 다룬 이야기는 아니다. 그보다는 책의 유통에 관한 것이다. 책의 유통? 맞다, 유통이다. 대량으로 인쇄를 할 수 없던 시절이라 붓으로 책을 베껴 쓰는 내용도 나오지만, 진짜 하고 싶은 이야기는 어떤 책을 누가 어떻게 구해 읽는가, 하는 책의 흐름에 관한 것이다. 여기서 기록 본능에 이어 인간의 본능 하나가 더 드러난다. 바로 앎에 관한 본능. 책은 바로 인간의 기록 본능과 앎에 대한 본능을 채워 주는 역할을 하는 물건이다.

그런데 인간의 역사는 인간의 중요한 본능을 억누르는 쪽으로 늘 진행되었다. 어떤 사실을 기록하고 퍼뜨리는 것을 억누른 것이다.『책과 노니는 집』은 서학, 즉 천주학에 대한 기록과 앎을 억누른 시대의 이야기다. 그렇다고 천주학에 관한 이야기를 직접적으로 다루지는 않았다. 천주학이라는 새로운 물결을 못마땅해한 지배층으로부터 천주학 책 때문에 탄압을 받은 사람들을 다룬다.

『책과 노니는 집』은 얼핏 보면 전형적인 역사 이야기다. 맞다. 하지만 다시 들여다보면 지나간 역사를 다룬 데 그치지 않고, 바로 지금의 현실을 다루었다. 왜? 지금도 책은 위험한 물건이므로. 몇 해 전에 나온 국방부 금서 목록을 보라. 권력자들은 예나 지금이나 책을 위험한 물건으로 취급한다. 200여 년 전을 다룬 이야기가 낯설지 않은 것은 대명천지 21세기의 벽두에도 비슷한 일이 벌어지고 있기 때문이다.

이야기 속의 주인공인 장이는 바로 위험한 물건인 책을 유통시킨 책방의 종업원이다. 그의 아버지는 그런 책을 베껴 쓴 필사쟁이*다. 그러나 책을 베끼기만 하고, 심부름으로 가져다주기만 해도 책을 사고 판 사람과 똑같이 탄압받기는 마찬가지다. 이른바 불온

> **필사쟁이**
> 책을 베껴 쓰는 것을 필사(筆寫)라고 하는데, 동서양 모두 인쇄기술이 발달하기 전에는 필사를 통해 책이 유통되었다. 조선 후기 언문소설 등의 책에 대한 수요가 늘어나자 전문적으로 필사하는 사람들이 생겨났고 이들을 낮추어 부를 때 필사쟁이라 했다.

서적은 지니고 다니기만 해도 안 된다. 필사쟁이 아버지는 일찌감치 매를 맞아 죽고, 장이가 책을 배달한 '고객'은 위험에 빠진다.

이 작품은 책방을 둘러싸고 있음 직한 다양한 인물 군상을 등장시킨다. 그럼으로써 한 시대 상황을 총체적으로 보여 주고자 한다. 서로 신분이 다른 사람들이 책을 통해 어떻게 엮이는가를 드러낸다. 각 인물들의 생활상도 자연스럽게 드러나 시대상을 알 수 있기도 하다. 그러나 다양한 인물들이 천주학에 빠져드는 계기에 관한 이야기는 약하다. 그토록 위험한 책에 관한 이야기라면 좀 더 직접적인 사건 설정이 필요했을 것이다. 그렇다고 해서 이 작품의 미덕이 훼손되는 건 아니다. 너무 많은 이야기를 건네면 되레 이야기의 중심이 뭐가 뭔지 모르게 될 수도 있으므로……

그런 까닭에 책의 탄압에 대해 적극적으로 '저항'하는 인물도 설정하지 않은 듯하다. 인물들이 한결같이 순응적이고 양순하다. 그러다 보니 뒤로 갈수록 긴장감이 떨어지기도 한다. 하지만 외양의 부드러움 속에 숨어 있는 주제는 예리하다. 천주학을 누가, 왜 믿었는가? 작가는 끝까지 핏대 세우지 않고 슬며시 내비친다. 독자는 어느새 작가가 배치해 놓은 인물들을 보고 책을 탄압하는 이유를 알게 된다. 그런 면에서 이 책은 역사적 사실을 이야기로 쓸 때 흔히 비분강개하는 우를 범하는 여타의 작품과 차별성을 갖는다.

안녕, 너희들의 친구야!

여러분 안녕? 여러분이 좋아하는 이야기 속의 주인공들이 여러분을 만나고 싶어 해서 이 자리에 초대했어. 먼저 『오즈의 마법사』*에 나오는 주인공부터 소개할게. 여러분은 신비의 세계를 가장 좋아하니까!

『오즈의 마법사』에 나오는 주인공 도로시는 어느 날 회오리바람에 휩쓸려 하늘로 떠올랐다 낯선 곳에 떨어졌단다. 어리둥절한 채 집 밖으로 나온 도로시는 그곳이 오즈라는 마법사가 다스리는 땅이라는 것을 알게 되었지. 그래서 집으로 돌아가는 길을 알아내기 위해 도로시는 오즈의 마법사를 찾아 나서게 된단다.

마녀의 은 구두에 금 모자 차림을 한 도로시는 가는 길에 만난 세 명의 친구의 도움으로 무사히 집으로 돌아오게 돼. 생각을 갖고 싶은 허수아비, 마음을 얻고 싶은 나무꾼, 그리고 용기를 얻고 싶은 사자가 그 친구들이지. 그들은 온갖 위험과 어려움을 겪지만 힘을 다해 서로 도와서 원하던 것을 얻지. 사실 그들은 처음부터 생각과 마음과 용기를 가지고 있었는데 그걸 깨닫지 못하고 있었던 거야. 생각과 마음과 용기가 있다면 세상에 두려울 것이 아무것도 없을 텐데!

신비의 세계에는 걸리버*도 가 보았지. 어느 날 영국 사람인 걸리버가 타고 가던 배가 폭풍을 만나 부서지게 돼. 걸리버는 있는 힘을 다해 헤엄을 쳐서 가까운 육지에 닿지만 곧 정신을 잃고 말아.

그런데 이게 웬일일까? 정신이 들어 자리에서 일어나려고 하니, 온몸이 가느다란 줄로 묶여 있는 거야. 걸리버는 키가 15센티미터밖에 되지 않는 소인들의 나라에 도착했던 것이지. 소인들의 생활은 보통 사람과 그다지 다르지 않았어. 나라끼리 힘자랑을 하는가 하면 전쟁을 하기도 했지. 소인들의 생활을 지켜보며 걸리버는 나라끼리 힘을 겨루며 싸우는 것이 얼마나 어리석은 일인지를 깨달았지.

걸리버는 다음번 항해에서 다시 폭풍을 만나게 되어 이번에는 거인국에 도착해. 그런데 그곳의 거인들은 자신을 조그만 애완동물로 취급하는 거야. 걸리버는 거인들의 행동을 통해 인간의 행동에 대해 생각하는 기회를 갖지. 그는 인간의 욕심이 얼마나 무서운 것인지를 새삼스레 깨닫게 되었어.

『걸리버 여행기』
조너선 스위프트가 쓴 소설로, 1726년에 출판되었다. 인간과 사회에 대해 고찰했으며 우화적 수법을 사용하여 당시 정치적인 상황, 사회의 타락과 부패를 풍자했다.

기왕 인간의 욕심 이야기가 나왔으니까 이번엔 장사꾼의 이야 기도 들어 보자고. 세상에는 편안하게 지내기를 좋아하는 사람이 있는 가 하면 모험을 즐기는 사람도 있단다. 그런 사람 중의 하나가 바로 신 드바드*지. 신드바드는 아버지가 물려준 많은 재산으로 사치스러운 생 활을 하다가 문득 자신의 어리석음을 깨닫게 돼. 이미 재산을 거의 다 써 버린 때라, 그는 마음을 잡고 외국으로 장사를 떠나지.

첫 항해에서 고래등을 섬으로 잘못 알고 올라가 있다가 신드바드는 물통을 붙잡고 섬에 도착해서 겨우 목숨을 구해. 운 좋게 신드바드는 그 섬의 임금님에게 잘 보였고, 편하게 지내다가 자신이 가지고 왔던 짐을 찾아 많은 돈을 벌어 페르시아로 돌아와. 세 번 의 다른 항해에서 신드바드는 무인도에 홀로 남았다 가 커다란 새의 발에 매달려 목숨을 건지기도 해. 또 거인의 섬에서 난쟁이와 거인을 만나기도 하고, 식인 종의 섬에서 겨우 목숨을 건지고 돌아오기도 하지. 목숨을 걸고 모험을 즐기며 장사를 하는 상인 신드 바드, 정말 못 말릴 사람이야.

정말 못 말릴 사람은 또 있어. 책을 너무 좋아하다가 마침내 책 속의 주인공과 자기 자신을 구별할 수 없게 되어 버린 돈키호테*가 바로 그 못 말릴 사람이지. 자 신의 처지나 능력은 생각하지 않고 함부로 설치는 사 람을 우린 흔히 돈키호테 같은 사람이라고 말하잖아? 그렇게 말하는 데엔 다 그럴 만한 이유가 있어서야.

「신드바드의 모험」
「아라비안나이트」로도 알 려진 「천일야화」에 나오는 뱃사람 신드바드의 이야기 로, 일곱 번의 항해를 통해 괴물을 퇴치하고 모험하는 이야기를 담고 있다.

「돈키호테」
미겔 데 세르반테스의 풍자 소설로, 원래 제목은 '재기 발랄한 향사 돈키호테 데 라 만차'였다. 당시 스페인 에서 크게 유행했던 기사도 이야기를 패러디하며 쓰게 된 작품이다. 이상주의자이 지만 현실과 동떨어진 주인 돈키호테와 현실적이지만 속물스러운 종자 산초 판사 를 통해 인간성의 양면을 풍자적으로 그려 냈다.

돈키호테는 중세의 기사 이야기가 나오는 책을 읽다가 스스로 세상에서 제일가는 기사가 되기로 마음을 먹어. 그는 이웃에 사는 산초 판사를 부하로 삼아 늙은 말 로시난테를 타고 길을 떠나지.

돈키호테는 갑자기 풍차를 향해 돌진해서 다치기도 하고, 몰려오는 양떼를 적으로 착각해서 공격하기도 하는 등 엉뚱한 짓을 계속해. 사람들 눈엔 그야말로 미친 짓으로만 보이는 행동이었지.

그런데도 우리는 돈키호테 이야기를 웃음거리로만 볼 수는 없어. 하는 행동은 엉뚱하지만 돈키호테는 나름대로의 원칙과 정의에 따라 세상을 바로잡으려는 꿈을 가진 사람이기도 하기 때문이지.

이번엔 돈키호테만큼이나 천방지축인 동물 주인공을 하나 소개할게. 바로 손오공이라는 원숭이야. 원숭이이기는 하지만 마술을 부릴 수 있는 손오공은 당나라의 삼장법사가 천축국으로 불경을 구하러 갈 때 따라가게 돼.

여행길에 만난 어리숙하고 덤벙거리는 성격의 저팔계와 눈치 빠른 사오정도 그들과 함께 어려움과 위험을 겪으며 여행을 해. 이들이 겪는 모험 이야기가 바로 『서유기』인데, 그들은 오랜 여행 끝에 마침내 불경을 구하게 되지. 재미있고 풍부한 상상력, 그리고 짜릿한 모험으로 엮어지는 『서유기』를 읽다 보면, 끝까지 참으며 노력하면 목적을 달성할 수 있다는 교훈을 얻을 수 있어.

「서유기」
중국 명나라의 장편 신괴 소설로. 오승은의 작품이라고 알려져 있다. 황제의 칙명으로 불전을 구하러 가는 삼장법사와 손오공, 저팔계, 사오정의 이야기로, 실제로 당나라의 현장법사가 타클라마칸 사막을 거쳐 인도에서 불전을 구해 돌아온 사실을 바탕으로 했다.

손오공처럼 마술을 부리지는 못하지만 마술 못지 않은 지혜를 가진 주인공을 소개할게. 『토끼전』*에 나오는 토끼가 바로 그 주인공이야.

바다의 용왕이 병에 걸리자 의원은 그 병을 고치기 위해서 토끼의 간이 필요하다는 처방을 내려. 그래서 자라는 육지에 올라와 토끼를 만나. 토끼를 만난 자라는 온갖 말로 토끼를 꾀어 토끼를 용궁으로 데려가. 마침내 토끼의 간을 꺼내라는 용왕의 명령에 토끼는 기가 막힌 꾀를 궁리해 내. 토끼의 간은 노리는 이가 많아 평소엔 빼서 잘 숨겨 놓고 다닌다고 둘러댄 것이지. 하지만 세상 어느 동물이 몸 따로, 간 따로일 수 있겠어? 『토끼전』은 어떤 어려움에 빠지더라도 정신을 잃지 않고 지혜를 발휘하면 토끼처럼 목숨도 건질 수 있다는 걸 보여 주는 이야기야.

여러분, 이야기 속의 친구들과 함께 즐거웠는지? 이 자리에 나온 친구들은 모두 여러분에게 꿈과 용기와 지혜를 주고 싶어 해. 앞으로도 이 친구들과 친하게 지내도록! 새로운 세상은 꿈과 용기와 지혜가 있는 사람들만이 가꿔 나갈 수 있으니까.

『토끼전』
작자와 연대 미상이며, 조선 후기의 판소리계 소설로 동물을 의인화한 우화 소설이다. 100여 종의 이본이 전해지며, 소설본과 판소리본으로 나뉜다. 국한문 필사본, 한문 필사본, 한글 필사본과 활자본 등으로 전해지고, 별주부전, 토별가, 수궁가, 수궁전, 토의 간 등 다양한 명칭이 있다.

3장

경계 밖
책 읽기

나쁜 책은 없다

'나쁜 책은 없다'라니? 다소 도발적인 이 말은 내가 지난 몇 해 동안 강연회 제목으로 즐겨 쓴 말이다. 이 말을 처음 들을 때 사람들의 반응은 여러 가지다. "약도 나쁜 약이 있듯이 책도 당연히 나쁜 책이 있다", "친구도 나쁜 친구가 있듯이 책도 당연히 나쁜 책이 있다" 등등.

내가 이 말을 강연회 제목으로 내건 일차적인 이유는 좋은 책이든 나쁜 책이든 도대체 책이라고는 읽으려 하지 않는 요즘 세태 때문이다. 일단 읽어 보기라도 해야 좋은 책인지 나쁜 책인지 가늠이나마 할 수 있을 텐데 말이다. 이차적으론 실제로도 나쁜 책은 없다는 신념을 가지고 있기 때문이기도 하다.

내가 어린 시절을 보낸 1960~70년대는 책 자체가 귀한 시절이었다.

그래서 활자가 인쇄된 것은 무엇이든 들여다봄으로써 문자 갈증을 채웠다. 특히 벽지 대신 바르는 신문지는 언제고 방바닥에 눕기만 하면 볼 수 있는 중요한 활자 매체였다. 그 당시 시골에선 신문지로 벽을 바르고 태극 문양이 선명한 아리랑 담배갑으로 방바닥을 바르는 게 예삿일이었다. 우리 집은 주 거처인 안방과 사랑방 등 큰 방은 벽지를 바르고 기름 먹인 장판을 발랐지만, 아이들이 지내는 쪽방인 모방은 역시 신문지로 도배했다. 그래서 방바닥에 눕기만 하면 당시 신문에 연재하던 월탄 박종화*의 역사 소설 『세종대왕』과 최인호*의 『별들의 고향』

박종화(1901~1981)
역사 소설로 명성을 얻은 소설가이자 시인. 12년간 한학을 공부하고 휘문의숙을 졸업했다. 동국대, 성균관대, 연세대 교수를 역임하고 여러 문학 예술 단체의 장을 역임했다. 『여인 천하』, 『월탄 삼국지』 등의 작품이 있다.

최인호(1945~2013)
《조선일보》 신춘문예에 당선되면서 등단했다. 1970~80년대에 최고의 대중 작가로 사랑받았다. 상업적이라는 평가를 받기도 했지만, 뛰어난 묘사와 치밀한 구성으로 대중 소설의 지평을 넓혔다. 『내 마음의 풍차』, 『상도』, 『깊고 푸른 밤』 등의 작품이 있다.

을 벽에서 읽을 수 있었다. 고개를 이리저리 돌리고 몸을 요리저리 굴려 가며 읽던 연재 소설의 재미는 제법 쏠쏠했다. 따지자면 두 소설 모두 미성년자 관람 불가. 그러나 나는 벽에 붙은 소설을 거의 외우다시피 읽었다.

신문 다음으로 자주 볼 수 있던 활자 매체는 《선데이 서울》과 《새농민》이라는 잡지. 《선데이 서울》은 그야말로 통속 잡지다. 그렇고 그런 연예 기사와 말초 신경을 자극하는 사건 기사가 주를 이루었다. 군대 간 마을 형들이 휴가 나올 때 기찻간이며 뱃전에서 심심풀이로 읽을 요량으로 사 들고 와서 뒷간에 밑씻개용으로 던져 두고 간 것이 누군가에 의해 구출되어 이 집 저 집 돌고 돌았다. 잡지를 펼치면 한가운데에 배치된 화보가 먼저 눈에 띈다. 한복 입은 연예인이나 몸을 다 감싼 수영복을 입은 연예인의 원색 사진이 실려 있다. 요즘 기준으로 보면 온갖 매체의 광고에 등장하는 연예인들의 야한 모습과는 거리가 멀어도 한참 멀다. 아예 심의 대상조차도 되지 않을 만큼 점잖고 우아하다. 그러나 그때는 국내 잡지 가운데선 가장 야한 축에 들었다. 게다가 '실화'라는 그럴싸한 호객용 부제와 함께 등장하는 각종

『수호지』
중국 명나라의 장편 무협 소설로 시내암이 쓰고 나관중이 정리했다. 북송 시대 양산박에서 봉기했던 실화를 배경으로 각색했고 다채로운 성격의 인물들은 후대의 소설에도 많은 영향을 주었다.

사건 기사들과 숱한 고민녀, 고민남들의 상담 코너! 지금 돌이켜 보니 있지도 않은 이야기를 기자들이 잘도 창작해 낸 성싶다.

신문 연재소설이나 《선데이 서울》에 비하면 《새농민》은 무척 건전한 잡지였다. 건전하다 못해 밍밍하기까지 했다. 주로 농촌의 원예 작물이 어떻고, 농가 소득이 어떻고, 소나 돼지의 인공 수정이 어떻고 하는 기사에다 『수호지』* 같은 번안 소설이 연재되었다. 뒷간에 내던져진 《선데이 서울》과는 달리 주로 마을 회관이나 사랑방에 공식적으로 나뒹굴던 잡지였다. 칙칙한 교과서에 비하면 제법 다채로운 읽을거리나 눈요깃거리가 많았다. 특히 소며 돼지가 사진으로까지 찍혀 나오는 신기한 현상을 놀라워했다. 그때 대부분의 시골 사람들은 번듯한 사진 한 장 제대로 찍어 본 일이 없는지라 사람보다 더 출세한 가축이 부럽기도 했으리라.

무슨 추천 도서니 권장 도서니 해서 읽을거리가 넘쳐나는 요즘 아이들에 비하면 참으로 읽을거리가 없던 때였다. 그러니 옥석을 가려 가며 독서를 할 처지가 아니었다. 그게 책이든 신문이든 가릴

만한 사정도 아니었다. 그저 활자가 박힌 종이라면 벽이든 사랑방이든 뒷간이든 어디서고 눈 씻어 가며 볼 따름이었다.

물론 우리 집엔 책이 꽤 많이 있기는 했다. 그러나 어린아이들이 즐겨 읽을 만한 책은 없었다. 할아버지와 아버지 수준에서 갖추어 놓은 책이었기 때문이다. 그럼에도 연령 불문하고 할아버지 책함과 아버지 서가를 뒤지며 읽을거리를 찾았다. 때로 몇몇 책은 꺼내 탐독하기도 했다. 하지만 그때 소년의 눈높이에 딱 알맞은 읽을거리는 바로 신문 연재 소설과 《선데이 서울》과 《새농민》이었다! 아마도 오만한 표정의 굵은 활자로 인쇄된 등을 내민 채 서가에 꽂혀 있는 일반 서적과 달리 새로운 매체가 주는 신선함도 적지 않았으리라.

내 경험으로 비추어 볼 때 활자화되어 있는 것은 무얼 읽어도 독이 되지 않는다고 생각한다. 활자는 일단 들여다보는 순간 생각을 하게 한다. 읽는 사람은 생각을 하는 과정을 통해 문장화된 활자의 의미를 따지며 받아들일 것인지 말 것인지를 판단한다. 좋은 내용이면 바로 접수할 것이고, 자기의 뜻과 다르거나 나쁜 내용이면 감추어져 있는 의미를 따지게 된다. 그런 까닭에, 나쁜 책은 없다고 자신 있게 말한다. 나쁜 책일지라도 하다못해 반면교사 노릇이라도 하지 않겠는가. 독풀도 쓰기 나름에 따라 약이 되기도 하지 않겠는가. 게다가 들 가운데에 흐르는 흐린 물도 독사가 먹으면 독이 되지만 젖소가 먹으면 우유가 되는 법이다. 그러니 책 읽기는 책이 문제가 아니라 받아들이는 수용자의 문제다.

신문 연재 소설과 《선데이 서울》과 《새농민》을 즐겨 읽으며 보낸 소년 시절. 그렇다고 그런 것 때문에 내 인생의 행로가 비뀌어졌다고 생각되지는 않는다. 다만 그런 것조차도 맘 놓고 더 많이 볼 수 없었던 궁핍했던 그 시절이 한없이 아쉬울 뿐.

물론 우리가 살다 가는 시간은 길지 않다. 그러니 좋은 책, 나쁜 책 가리지 않고 이 책 저 책 다 읽으며 살 수는 없다. 그래서 먼저 살다 간 사람들의 검증이 끝난 고전부터 섭렵하는 편이 좋을 것이다. 그러나 누구나 다 고전부터 시작해서 이른바 양서라는 추천 도서와 권장 도서를 읽게 되지는 않는다. 그러니 활자가 박힌 것이면 무엇이든 읽어도 무방하다고 하는 것이다. 아예 아무것도 읽지 않는 것보다는 나은 일이므로……

책이 넘치는 세상이지만, 일반인들만 책을 읽지 않는 게 아니다. 책을 권할 만한 자리에 있는 지식인들도 책을 읽지 않는 건 마찬가지다. 십수 년 전 정부 어느 부처에서 내놓은 이른바 권장 도서 목록을 보면 안다. 그때 청소년들에게 권하는 책 가운데에 『소녀경(素女經)』이 있었다. 아마도 '素女'라는 한자는 보지 않고 한글 음 때문에 권한 모양인데, 놀랍게도 그 책은 중국 고대의 방중술을 다룬 책이다. 추천자가 그 책을 읽는 건 둘째 치고 들춰라도 보았다면 결코 청소년에게 권하지는 못했을 것이다. 나쁜 책은 없다 했으니 괜찮지 않느냐고 비아냥거릴 사람이 있을지 모르지만 그건 아니다. 그 책은 사실 나쁜 책이 아니다. 다만 그 나이대에 읽을 필요가 없는 책일 뿐이다. 그러니 굳이 국가에서 추천을 하지 않아도 된다.

우리 또래가 어렸을 때 어른들이 읽지 않았으면 하는 책에 만화책도 들어 있었다. 어인 까닭인지 만화책은 무조건 나쁜 책이었다. 그때 만화책은 '만화 가게'를 통해 유통되었다. 시골엔 만화 가게가 없었으니 어른들은 다행이라 여겼을 것이다. 그러나 신문과 잡지에는 만화가 실렸다. 만화의 함축적인 그림과 글이 '세계'를 더 잘 이해하게 해주었다. 어른들이 애써 감추고 싶어 하던 만화를 통해서도 소년은 성장했으니, 역시 나쁜 책은 없다!

너희가 사전을 아느냐

부산한 아침 시간. 중학생 아이가 사전을 찾는다. 나는 아이를 기특해한다. 대학생도 잘 안 가지고 다니려 하는 사전을 학교에 갖고 가기 위해 찾기 때문이다. 근데 기특한 마음도 잠시. 나는 허탈한 기분을 맛본다. 아이가 찾는 사전은 종이 사전이 아니라 전자 사전이다!

내 어렸을 때 꿈 가운데 하나는 사전을 편찬하는 일이었다. 왜 그런 꿈을 가졌을까? '세상의 모든 지식'이 다 들어 있는 백과사전이 신기했기 때문이다. 집에 마침 일곱 권짜리 '학원사' 판 백과사전이 있었다. 나는 심심할 때마다 사전을 뒤적였다. 지금도 그 사전의 첫 권 앞부분에 있던 이름 하나를 기억한다. '가가린'이라는 세계 최초의 옛 소련 우주인. 당시로선 적성 국가인 소련의 우주인이 사전에 올라 있다는 사실보다는 이름이 마침 '가' 항목에 들어가는 '가가린'이어서 사전 첫 장에

자리하고 있는 위치적 특성 때문에 그 인물을 지금까지도 기억한다.

그로부터 몇십 년 흐른 뒤에야 나는 한글 이름을 가진 대한민국 국적의 우주인, 아니 우주 비행 참가자를 머리에 새기게 된다. 그나마 가가린의 나라 러시아를 통해서.

백과사전 다음으론 국어사전을 뒤적였다. 닭이 흙모래 속에서 모이를 뒤지듯 한 장 한 장 넘기며 내가 아는 어휘를 확인하는 재미는 쏠쏠했다. 농촌의 일상에서 늘 쓰던 '우케'니 '나락'이니 하는 말이 사전에 올라 있는 게 무척 신기하던 기억이 새롭다. 그런 틈틈이 낯선 어휘를

덤으로 익히기도 했다. 또 국어사전을 뒤지는 과정에서 '멍석'은 있는데 '덕석'은 없다는 것을 알았다. 덕석은 멍석의 진도 방언이다. 그때 무릎을 쳤다. 우리 고장 말 사전을 한번 만들어 보자고!

초등학교 때 일이다. 내가 사투리 사전을 만든답시고 두툼한 '대학노트'를 펼쳐 놓고 되는 말, 안 되는 말을 끼적이던 때가. 지금도 기억나는 어휘가 몇 있다. 먼저 떠오른 건 까끔(산)이다. 표준어 '산'과 너무도 다른 발음을 가진 이 말을 어떻게 처리해야 할지 오래도록 고민했기 때문이다. '구루마'는 사투리인 줄 알았는데 왜인들 말이어서 빼고, '한질가'는 '한길가'의 진도식 발음이어서 뺐다. 밥을 물에 '몰아 먹는다' 역시 '말아 먹는다'의 다른 발음이어서 뺐다. 그때는 아래아가 살아 있어 '말아 먹다'를 '몰아 먹다'로 쓰는지를 몰랐다. 늘 쓰던 '뜬금없이'라는 말은 성장할 때까지도 사투리인 줄 알았다. 그런데 나중에 그 말의 유래를 보니 사투리가 아니었다. 이 말은 내 작품의 이런저런 대목에 슬쩍슬쩍 써 보기도 했다.

그러나 아쉽게도 내가 만든 사투리 사전은 지금 가지고 있지 않다. 다른 사전, 이를테면 아버지 방 책장 맨 아랫자리를 떡하니 차지하고 있던 학원사 판 백과사전을 비롯해 목침처럼 두툼한 국어사전, 검푸르스름한 헝겊 표지에 싸인 조선어학회*의 『조선말 큰사전』, 여러 윗대 할머니가 시집 올 때 혼수로 가져오셔서 여러 대를 거치는 동안 먹물 낙서가

조선어학회
1921년에 우리말과 글을 연구할 목적으로 조직된 단체로 처음에는 '조선어연구회'였다. 1927년부터는 《한글》을 발간하기도 했으며, 1929년부터는 『조선어사전』 편찬 사업에 착수했으나 일제의 탄압으로 출판하지 못했다. 1933년에 발표한 '한글 맞춤법 통일안'은 오늘날까지도 한글 표기의 기준이 되고 있다. 1949년에 한글학회로 개칭하여 현재에 이르고 있다.

난무하게 된 한지 옥편 등은 여전히 보관하고 있는데, 정작 내가 만든 사투리 사전은 멸실되고 말았다. 아마도 내가 상급 학교에 진학하기 위해 도시로 나온 뒤 내 책상을 물려받은 동생들이 책상 정리를 하는 과정 중에 내 사투리 사전을 허섭쓰레기로 알고 불쏘시개로 아궁이에 내쳤거니 짐작만 할 뿐이다. 나중에 강력하게 추궁해 보았지만 동생들은 아무도 그러지 않았노라, 아니, 그런 공책은 본 적도 없노라고 했다. 동생들이 추궁하는 나 못지않게 강력하게 시치미를 딱 떼는 통에 나도 더는 어쩌지 못하고 말았다.

사전에 대한 그런 관심은 나중에 직접 사전을 만드는 일에까지 발을 들여놓게 했다. 요 몇 해 사이에 『100년의 문학용어 사전』 편찬 일에 참여하여 직접 표제 항목을 집필한 일이 그것이다. 본디 나란 위인은 그런 방면에 공부가 부족한 터라 능력에 한참 부치는 일인 줄 알고 겸허히 사양했어야 마땅한 일이었지만 '사전' 작업이라는 말에 홀려 앞뒤 볼 것 없이 집필에 참여하기로 허락한 뒤 얼마나 후회했는지 모른다.

어렸을 때 좋은 기억으로 자리한 사전. 그래서 나는 책 가운데에서도 사전이라면 눈에 띄는 대로 사족을 못 쓰고 다 그러모은다. 중학생 때 쓰던 민중서림 판 『콘사이스 영한사전』('간결한'이라는 뜻을 가진 영어 'concise'라는 말이 언제부터 소형 사전을 뜻하게 되었는지는 잘 모르지만……). 영어 사전을 비롯해 각종 문학 사전까지 나는 사전이라면 무턱대고 다 좋다. 그래서 내 서재엔 산스크리트어, 팔리어 등 어학 사전은 물론 각종 예술 장르 사전과 방언 사전, 동서양의 속담 사전, 상징 사전에 심지어는 악마 사전까지 있다.

나는 무슨 분야든 그 방면에 첫발을 디딘 자는 일단 그 분야의 사전을 다 체득하라고 권한다. 나 역시 어학 공부할 땐(국어든 외국어든) 사전을 다 외우리라 마음먹고 달려들었고(물론 다 외우지는 못했지만), 문학 공부할 땐 문학 비평 사전이나 문학 용어 사전을 수십 번씩 읽었다. 혹자는 사전은 참고하는 것이지 읽는 책이 아니라고 말할지 모른다. 그러나 사전 읽기가 소설 책 읽기보다 더 재미있다. 나름대로 체계를 갖추어 졸가리 있게 구성된 항목들을 하나하나 읽다 보면 웬만한 기초 지식은 다 갖추어진다. 그런 다음 더 전문적인 지식은 해당 분야의 전문 서적을 읽으면 된다.

사전은 이성에 바탕을 둔 인간의 지식 욕구가 탄생시킨 책이다. 그러기에 동서양을 막론하고 사전에 '세상의 모든 지식'을 담으려고 애썼다. 우리나라에선 1624년에 이수광*이 『지봉유설』을 통해 백과사전 류의 많은 항목을 담아 냈다. 그런데 이보다 10여 년 전에 불우한 천재 허균*은 『도문대작』이라는 사전 형식의 책을 썼다. 여기엔 먹을거리에 대한 정보가 담겨 있다. 이 두 저작은 어디까지나 산문 형식으로 기술했다. 이와 달리 시로 쓴 사전도 있다. 16세기 말에서 17세기 중반에 걸쳐 살다 간 이응희*라는

이수광(1563~1628)
조선 중기의 문인이자 학자로 높은 관직을 두루 거쳤다. 주청사로 명나라 연경에 3차례 다녀왔고 『천주실의』를 들여와 최초로 서학을 도입했다.

허균(1569~1618)
조선 중기의 문신으로 당시 조선의 주류 학문이던 성리학을 비판하며 양명학을 받아들였다. 『홍길동전』, 『한정록』 등의 저서를 남겼다.

이응희
성종의 3남인 안양군의 현손으로, 종실로서 대우받지 못하고 평범한 양반으로 살았다. 벼슬에는 그다지 뜻이 없었으며, 농사를 짓는 틈틈이 책을 읽고 시를 지으며 살았다. 17세기 조선의 향촌 생활을 담은 시 1천여 편이 『옥담유고』와 『옥담사집』에 담겨 전해진다. 특히 『만물편』은 『옥담유고』에 포함된 연작 시다.

선비가 지은 「만물편」은 오언율시의 연작 시편인데, 280개의 사물에 대해 꼼꼼하게 기술했다고 한다.

선학들의 이런 수고를 보니 내가 한 짓은 그야말로 치기 어린 짓에 불과했다. 그래서 남이 펴낸 사전을 보면 더욱 욕심을 내는지도 모른다. 내가 하지 못한 일을 이룬 이들에 대한 일종의 존경심일 터이다. 그 존경심은 마침내 내 강의를 듣는 문학 지망생들에게 이어진다. 수업 때마다 국어사전을 검사하는 것은 물론(내 아이처럼 전자 사전을 가져와선 안 된다! 사전은 당연히 종이 책이어야 한다), 속담 사전 속의 표제 항목을 1천 개 이상씩 쓰고 외우게 한다. 속담 1천 개 정도를 일상생활에서 구사할 수 있는 사람이면 문학을 하지 않고 장삿길에 나서더라도 남다른 입담으로 단골을 만들 수 있으리라는 지극히 애정 어린 선생의 마음이다.

그래서 학생들에게 늘 하는 말은 "속담 1천 개를 자유자재로 쓰는 자는 취직 걱정 안 해도 된다. 김밥 장사를 하더라도 남다르게 할 것인데, 무슨 취직 따위를 걱정해!"다. 그렇게 해서 나의 학생들은 국어사전에 이어 속담 사전을 구입한다. 사전을 가슴에 품고 다니는 학생들을 보면 사랑스럽기 그지없다. 그러나 때론 이런 투정을 받기도 한다. "선생님, 이 사전 들어 보세요. 사전이 아니라 벽돌이에요 벽돌! 지하철이 얼마나 복잡한 줄 아세요? 근데 벽돌까지 들고 있으려면 죽을 맛이에요!" 그러나 사전 전도사인 나는 태연하다. "아그들아, 투덜대지 말어라. 그것이 시방은 벽돌 같지만 나중엔 느그들 밥통이 될 것인께."

사랑은 연필로
쓰자고요

지금도 차를 타고 가며 라디오를 듣다 보면 가끔 나오는 옛날 노래 가운데에 〈사랑은 연필로 쓰세요〉라는 것이 있다. 개인적으론 이 노래의 발성과 리듬, 가사 등이 별로 마음에 들지 않아 그다지 좋아하지는 않는다. 그런데 〈아기 공룡 둘리〉라는 텔레비전 만화에서 이 노래가 반복적으로 늘 나오는 걸 듣다 보니 그럴싸해졌다. 아마 이 글을 읽는 독자들 가운데에도 "아, 그 노래!"라며 무릎을 치는 이들이 있을 것이다.

이 노래를 들어 보면, 사랑을 연필로 쓰라는 이유는 쓰다가 틀리면 지우개로 쉽게 지울 수 있기 때문이란다. 여기서 그런 사랑에 대해선 언급하지 않으리. 내가 말하고 싶은 것은 연필이기 때문이다. 맞다. 연필로 쓴 글씨는 지우개로 지울 수 있다. 그래서 연필은 유치원생이나 초등학생에게 적당한 필기도구다. 가나다라를 연습하다가 틀리면 지우고 다시 쓰고, 덧셈 뺄셈을 하다가 틀리면 지우고 다시 쓸 수 있다.

초등학생 아래 아이들이 주로 쓴다고 해서 연필이 무시해도 좋은 필기도구는 아니다. 우리 인간의 근현대 지적 문명사는 연필의 발달과 함께 이어져 왔다고도 할 수 있기 때문이다.

지금은 온갖 필기도구가 다양하게 나와 있지만, 우리 또래가 어렸을 때만 해도 그렇지 않았다. 연필이라고 해도 곳곳에 구멍이 뚫려 있고 잘 깎이지도 않는 도토리나무 연필이 대부분이었다. 어쩌다 향나무 연필이라도 한 자루 갖게 되면 정말 아껴 가며 썼다. 향나무 연필은 부드럽게 잘 깎이기도 했지만 특히 향내가 좋았다. 그래서 시험 같은 걸 볼 땐 특별히 향나무 연필을 서너 자루 깎아서 필통에 잘 넣어 두곤 했다.

그렇게 소중하게 여긴 향나무 연필이었기에 쓰다가 닳아지면 붓두껍에 끼어서 더 이상 쓸 수 없을 때까지 썼다. 이름 하여 몽당연필. 그래서 요즘 아이들이 질 좋은 연필을 '다스'로 사 놓고 쓰는 걸 보면 무척 부러운 생각이 든다. 그러기에 나는 원고 교정 같은 걸 볼 땐 촉감 좋은 연필로 보면서 예전의 결핍했던 시절에 대한 보상 심리를 맛보곤 한다.

연필 한 자루를 가지고서 500쪽이 넘게 쓴 책이 있다. 연필은 이 세상에 나온 이래 남의 이야기는 숱하게 썼지만 정작 자신의 이야기는 쓰지 않았다. 『연필』은 오로지 연필에 대한 이야기만 담겨 있다. 연필의 역사는 물론이고 연필과 관련하여 일어났던 일까지 온갖 이야기가 망라되어 있다.

나는 이 책을 보면서 이 세상에 '아이디어 상품' 아닌 것 없고, 요즘 흔히 쓰는 말인 '인체 공학에 맞게 설계'되지 않은 것이 없다는 것을 또 한 번 확인했다. 연필만 봐도 연필 머리에 지우개를 단 사람의 아이디어는 당시엔 거의 혁명적이었으며, 연필이 지금 육각형 형태를 하게된 것은 글씨를 쓸 때 '인체 공학적'으로 편하게 하려는 의도였을 테니까. 게다가 각 없는 둥근 형의 연필이었으면 책상 위에서 걸핏하면 굴러 떨어져 내렸으리라.

육각형 연필과 관련하여 떠오르는 풍경 하나는 연필 허리에 작은 흠집을 한 개짜리 두 개짜리 세 개짜리 네 개짜리로 나누어 내놓은 뒤또르르 굴리던 풍경이다. 언제 그랬느냐고? 시험 볼 때 이야기다. 사지선다형 문제에서 몇 번을 골라야 좋을지 모를 때 말이다. 그러고 보니 연필은 참으로 쓰임이 많았다!

아무도 돌보지 않는 것에 대해 엄청난 자료를 모아 책으로 쓸 생각을 한 이 책의 필자가 꽤나 멋있는 사람으로 여겨진다. 우리 주변에도 이런 것이 많을 것이다. 이 세상 모든 것은 저마다 한 권의 책이 될 수 있으니까. 작은 것에 눈길을 자주 주도록 하자. 뜻밖의 즐거움을 얻을 수 있을 테니까.

그런데 뱀 다리 같은 쓸데없는 소리 하나 더 하자면, 나는 지금 연필에 대한 이 글을 연필심에 침을 묻혀 가며 꾹꾹 눌러쓰지 않고 컴퓨터 자판을 찍어 쓰고 있다. 이건 연필에 대한 결례일까? 연필에 대한 존경일까? 아, 쓰다가 틀리면 컴퓨터는 연필보다 지우기가 더 쉽다…….

여성에게도
역사가 있는가?

　　팔월 한가위. 모두들 추석 명절 즐겁게 보내셨는지? 고향 가는 길이 고생길이라면서도 명절이면 고향을 찾지 않고는 못 배기는 민족이 우리 말고 또 있을까? 고향에 갈 때 길이 막혀 수 시간씩 차 안에 갇혀 있으면 "다음 명절 때는 이 고생 하지 않으리" 하면서도 다시 명절이 돌아오면 어김없이 고향을 찾는 사람들.

　　밤늦은 시간이지만 고속도로는 고향을 떠나 직장과 삶터가 있는 곳으로 돌아가는 사람들이 모는 차로 길이 많이 막힌다고 한다. 연휴 마지막 날엔 더욱 혼잡할 거라고 미리 고향을 떠났지만 다른 사람들도 같은 생각을 하였기에 길이 복잡할 터. 그런데 길이 막히는 지금 운전대는 누가 잡고 있을까?

　　고속버스를 모는 이는 열이면 열 모두 남자일 것이고, 승용차는 열에

아홉 이상이 남자일 것이다. 나도 몇 해 전 설 때 서울에서 출발하여 고향 진도까지 열여섯 시간 넘게 운전대를 잡은 적이 있다. 왜 그럴까? 그런 일은 남자에게 더 맞는 일이라고 생각하기 때문이다. 그렇다면 여자는 무슨 일을 할까?

명절 때, 여자는 무슨 일을 할까? 열이면 열 모두 음식 준비를 하며 명절을 보낼 것이다. 그래서 주부들은 명절을 기다리지 않는단다. 명절이 가까워지면 '명절 증후군'이라는 병이 도지니까. 그렇다면 남자들은? 많은 남자들이 화투를 치거나 술을 마시며 명절을 보내는 것 같다. 여자들이 차린 음식을 먹으면서……

우리 사회가 언제부터 남자 일, 여자 일 해 가면서 선을 긋듯이 나눠 놓고 지냈을까? 더구나 남자가 하는 일은 크고 티가 나는 일이고, 여자가 하는 일은 끝도 없으면서 티가 나지 않는 일이 많다.

그렇다면 여자가 하는 일은 중요하지 않은 일일까?

절대 그렇지 않다. 그런데도 여자의 가사 노동의 가치를 인정하려 들지 않는 게 우리 현실이다. 어설픈 통계이긴 하지만(나는 완벽한 통계란 이 세상에 존재하지 않는다고 생각한다) 그에 따르면, 주부가 연간 일하는 가사 노동의 가치는 국내총생산의 4분의 1 정도를 차지한다고 한다.

여성의 가사 노동도 중요하지만 맞벌이 부부의 경우 여성이 실질적으로 직업 활동을 남성과 똑같이 하는 경우가 많다. 낮에 일터에서 남자와 똑같이 일을 하고 집에 돌아오면 여자들은 가사 노동과 아이 돌보는 일에 또 시달린다. 남자들과 똑같이 일을 하고 집에 돌아왔는데도 남자들은 밖에서 힘들었다고 투덜댄다. 요즘은 좀 덜하지만……. 사정이 이러한데도 주부들은 하는 일 없이 노는 사람, 혹은 중요하지 않은 일을 하는 사람으로 인식하고 있다.

『우리나라 여성들은 어떻게 살았을까』를 보면 고대 사회로부터 해방기에 이르기까지의 여성들의 삶이 들어 있다. 결코 남자에 못지않은 여성들의 역할을 보고 새삼 놀라는 사람들이 많을 것이다.

옛날엔 재산이나 가계, 제사, 상속 등에 있어 지금보다 더 여성의 몫이 존중되었다. 존중된 정도가 아니라 어느 면에선 남녀가 평등했다고 할 수 있다. 그래서 이 책의 필자들은 이 땅의 여성에게도 역사가 분명히 있었다는 것을 보여 준다. 우리가 흔히 알고 있던 것과는 달리 말이다. 항상 여성들이 짓눌려 살았다고 여기지만, 때론 활달하기도 하고 자유분방하기도 했다. 이 책은 그런 사정을 놓치지 않는다. 다만 개화기에 속박에서 벗어나고 제도의 틀을 바꾸려 노력했던 여성들을 선정할 때 뚜렷한 치적을 남긴 사람 위주로 다룬 것이 좀 아쉽다. 하지만 큰흠은 아니다. 그들을 통해서 그들이 어떻게 대접받았는지, 또 그런 여건에서 벗어나기 위해 어떤 몸부림을 쳤는지 알 수 있으니까 말이다.

모국어가 싫다고요?

해마다 10월 9일은 한글날이다. 한글날이 원래 공휴일이 었는데, 공휴일이 너무 많고, 기업 생산성을 높인다는 미명 아래 공휴일에서 제외시켰다가, 2013년에 이르러 다시 공휴일이 되었다. 하루 놀아서 좋은 게 아니라, 세계에서 유일하게 자기 나라 글의 생일날을 공휴일로 삼은 민족이라는 자부심이 있어 좋다.

한글날이 공휴일에서 빠진 뒤 곧바로 한자를 다시 쓰자는 주장과 영어를 공용어로 쓰자는 주장까지 나왔다. 그럼 다시 공휴일이 된 지금은 그런 주장이 없을까?

한글이 생기기 이전에 우리의 글살이를 한자에 기대어 했던 건 사실이다. 하지만 한자는 불편하기 짝이 없는 글자다. 그래서 한자의 발생지인 중국에서조차 간결하게 만들어 쓰고 있는 실정이다. 세계에서 가장 우수한 우리글이 있는데도 걸핏하면 한자를 같이 표기하자는 사람들이 나온다. 심지어는 주민등록증에까지 한자가 들어가 있다. 식별을 쉽게 해 준다나? 하긴, 주민등록증 같은 것을 만들어서 전체 국민을 한 손에 쫙 들어오게 한 나라도 세계에서 우리밖에 없으니 사람 하나하나도 식별을 잘하는 편이 좋겠다는 생각이 안 든 건 아니다.

그런데 이제는 영어를 공용어로 쓰자는 주장까지 나오고 있다. 세계화라는 유령을 신으로 모시는 사람들 입에서 나오는 소리다. 신문이고 방송이고 온통 영어, 영어다. 눈을 뜨나 감으나 영어 못하면 사람 취급도 못 받는다는 식으로 협박들이다.

인터넷 시대의 공용어라서 그렇다나, 정보화 시대에 걸맞은 언어라서 그렇다나. 하지만 분명한 것은 인터넷 세상이 오면 올수록, 정보화가 되면 될수록, 영어 때문에 걱정할 필요가 없어진다는 것이다. 자동번역기 내지는 통역기가 그만큼 실용화될 테니까.

관광객을 유치하기 위해서라도 영어를 잘해야 된다고 주장하는 사람이 있다. 생각해 보자. 우리나라에 온 관광객한테 우리가 왜 영어로 말해야 되나? 우리나라를 알고 싶어 오는 사람이라면 우리나라 말을 조금이라도 배워 와야 될 것 아닐까? 특히 우리글은 목구멍과 입 안에서 소리 내는 걸 바탕으로 해서 만든 것이기 때문에 세계 어느 나라 사람도 잠깐만 배우면 원리를 금방 익힐 수 있는데…….

그런데도 온통 저자세다. 친절한 것하고 저자세인 것하곤 다르다. 영어를 몰라도 친절할 순 있지만, 영어를 잘할수록 저자세를 취할 수밖에 없다. 언어는 인간의 영혼을 지배하기 때문이다. 그러기 때문에 영어 잘하는 사람 앞에서 영어로 지껄이다 보면 자신은 벌써 상대방에게 빨려 들고 만다.

그런데 요즘 들어선 소설도 아예 영어로 쓰자는 사람까지 나왔다. 왜 이렇게 남의 노예가 되지 못해서 난리들인지? 우리말이 그렇게 시시한 말인가?

한국어를 쓰는 인구는 세계에서 열한 번째로 많단다. 우리말은 결코 소수 언어가 아니다. 게다가 글자의 형성 원리가 우수하다 보니 중국 같은 데선 컴퓨터 환경을 위해 오히려 우리말을 연구하고 있단다.

외국어는 필요한 사람만 제대로 배우면 된다. 전 국민이 소모적으로 외국어 공부에 힘을 쏟을 필요가 없다는 말이다. 그리고 영어가 언제까지나 세계를 지배하지도 않을 것이다. 역설적이게도, 정보화 시대가 열릴수록 영어의 힘은 약해질 게 분명하니까.

대다수 국민들은 평생 가야 외국인을 만날 일도 없고, 영어로 밥 벌어 먹을 일도 없다. 제발 영어 사대주의에서 벗어났으면 좋겠다. 우리의 주체성이 확실할 때 세계화의 주역도 되는 것이지, 남의 뒤꽁무니만 따라간다고 세계화가 되는 것은 아니니까.

우리는 언제나 큰 것에 대해 주눅들어 살아 왔던 게 사실이다. 그래서 중국을 섬겼고, 이젠 미국을 섬긴다. 『나는 고발한다』는 영어 사대주의를 뛰어넘자는 주장이 담긴 책이다. 우리말과 글에 대해 다시 한번 생각해 볼 수 있는 계기를 마련해 주는 책이다. 더불어 『한글 전쟁』

도 읽어 볼 만한 책이다. 우리말과 글의 5,000년 쟁투사를 자세히 다룬 책이다. 지은이는 한글 전쟁의 본질은 문자 전쟁이요, 문화 전쟁이라고 본다. 무력을 동원하지는 않지만, 무기를 가지고 하는 전쟁보다 더 위험한 전쟁이라는 게 지은이의 생각이다. 우리의 문자가 없어지면 우리의 정체성도 사라질 테니까!

똥은 밥이다

어렸을 때 얘기다. 동네 어느 집에서 잔치가 있었다. 온 동네 사람이 아침부터 저녁까지 그 집에서 끼니를 해결한 것은 물론, 어른들은 하루 종일 술을 거나하게 마시고 장구를 치며 놀았다. 그런데 그런 와중에서도 어른들은 번갈아 하나둘씩 자기 집을 열심히 들락거렸다. 그러자 어느 순간 잔치집의 호랑이 할머니가 가만있지 않았다.

"아, 이 썩을 잡것들아! 밥에다 술에다 배 터지게 처멕여 놓은께 똥은 모다 이녁 집 가서 싸느라 바쁘다냐? 인사로라도 우리 집 뒷간 잠 드나들믄 안 되는 것이여? 염병헐 것들, 즈그덜 똥구녕에선 금 자루를 뽑아내기라도 하는 것이여?"

그랬다. 그 시절엔 똥 한 덩이, 오줌 한 방울도 남의 집에 누지 않았다. 똥은 농사를 짓는 데 아주 귀중한 자원이었으니까. 다시 말해 똥은 곧 밥이었으니까.

어린 우리들도 밖에서 놀다가 오줌이라도 마려우면, 사내아이는 곧 터지려는 고추를 부여잡고 집으로 마구 뛰었고, 계집아이들은 가랑이 사이에 오줌이 흘러내려도 자기 집으로 내달렸다. 남의 집 담벽락에라도 휘갈겨 버리거나 땅바닥에 흘려 버리면 그 오줌은 그야말로 아무 약이 안 되는 것이니까.

그때는 뉘 집 할 것 없이 똥오줌이 아주 중요한 비료였다. 땅심을 돋우는 데 똥오줌만 한 것이 없을 때였으니까. 그래서 시골에서 부잣집은 우선 변소부터 컸다. 부잣집 똥간에 앉아 아래를 내려다보면 깊이가 까마득했다. 그런 변소에 들어갔다가 자칫 발이라도 헛디뎌 아래로 빠지기라도 하면 정말 헤어나기가 어려웠다.

지금이야 시골에서도 수세식 화장실을 많이 설치하지만, 사실 수세식 화장실은 생태적으로 볼 때 결코 바람직한 시설이 아니다. 변기에 들어가는 물이며 정화조를 설치하고 유지하는 비용은 놔두고라도, 다시 밥이 될 수 있었던 똥오줌이 결국은 자연을 오염시키는 주범이 되고 만다. 요즘 사람들의 똥오줌은 정화조에 오랫동안 담겨 있고, 어느 정도 정화조가 차면 정화조를 퍼내야 한다. 정화조에서 발효되지 않고 머물렀던 똥과 오줌은 어디로 갈까?

이에 비해 재래식 변소는 똥오줌을 자연 생태적으로 완벽하게 처리하는 가장 위생적인 시설이었다. 재래식 변소는 똥오줌을 완전하게 발효시켜 다시 자연으로 돌아가게 한 뒤 농작물이 그걸 먹고 자라게 한다. 그 농작물은 결국 누가 먹는가? 똥오줌을 눈 사람의 입으로 다시 들어간다. 재래식 변소는 이러한 순환 과정을 거쳐 똥이 곧 밥이 되게 하고, 그 과정에서 자연을 오염시키는 일을 하지 않는다. 그런데도 우리는 그동안 우리 것은 천하게 여기고 서양식 삶의 방식만 중요하게 여겼다. 그러나 이제는 다시 우리 식의 삶을 살아야 할 것 같다. 이는 결코 국수적이거나 자민족 우월주의적인 발상이 아니다.

지금 전 지구적으로 가장 큰 문제는 환경 문제다. 도시가 늘어나고 기계 문명이 끝 간 데 없이 발달하면서 환경 문제는 심각한 위기를 맞이한 것이다. 환경 문제는 먹고 싸고 잠자는, 인간의 가장 원초적인 문제에서부터 시작된다. 그런데 도시 문명과 기계 문명이 이를 해결할 수 있을까? 우선은 해결할 수 있을 것처럼 보인다. 그러나 기왕에 있는 지구 자원을 다 갉아먹고 난 뒤 그다음이 문제다. 자연의 순환적인 삶의 원리를 무시했기 때문이다.

『자연을 꿈꾸는 뒷간』이라는 책은 제목에서 알 수 있듯이 뒷간, 즉 변소에 관한 책이다. 이 책의 지은이는 생태적인 삶을 위해 똥오줌을 어떻게 활용해야 하는가에 대한 것은 물론, 뒷간 문화와 나아가 현실적으로 '싸는' 문제를 어떻게 해결해야 할 것인가 등을 설득력 있게 제시했다. 도시에선 도시 나름대로, 시골에선 시골 나름대로 가지고 있는 '뒷간' 문제를 다루고 있다. 물론 싸는 문제의 해결이 먹는 문제의 해결로 이어지는 것임을 놓치지 않고서.

아주 오래된 이야기,
불멸의 인도 문학

어느 나라에서든 고대 문학은 거의 설화 문학*이다.
그런데 설화 문학은 단지 문학 자체만의 이야기로 끝나는 게 아니고
그 당시 사람들의 세계관, 우주관, 사회 제도, 경제 방식, 생활 풍속,
윤리, 철학 등등 그 시대의 모든 것이 담겨 있는 경
우가 많다.

그래서 어떤 지역과 그 지역 사람들을 이해하고
그들의 사상 체계나 시대정신을 알고자 할 때 우리
들은 그 지역에 내려오는 설화들을 들춰보게 되는
것이다.

근대 이후, 우리나라에서의 학문 습득 방식이나
문화 수용 방식은 거의 서구 일변도였다. 그러다 보

> **설화 문학**
>
> 설화, 전설, 우화 등을 소재로 줄거리를 가진 구전 문학을 말한다. 저자가 따로 없으며, 입으로 전해지기 때문에 말하는 사람에 따라 내용이 가감되거나 재구성된다. 개성과 예술성은 떨어지지만, 민족의 생활, 감정, 풍습 등을 한눈에 보여준다.

니 국내에 소개되는 설화 문학도 자연히 고대 그리스, 로마의 것이 주를 이루지 않을 수 없게 되었다. 물론 근대 이전에는 중국의 것만을 맹목적으로 따른 탓으로 우리의 고전 문학 중에는 중국의 아류라 할 것이 부지기수다.

그런데 조금만 눈여겨 살펴보면 그리스 로마의 설화이든 중국의 설화든 간에 그 원형은 거의가 인도에 두고 있음을 어렵지 않게 알 수 있다. 하지만 인도의 설화 문학이 널리 소개되지 못한 탓에 우리는 각국의 설화를 비교해 볼 기회를 갖지 못하고 말았다.

인도는 세계 정신사에 있어서 철학과 종교의 발원지라고 일컬어진다. 다시 말하면 동서양의 중요한 사상의 근원이 되는 지역이 인도라는 것이다. 이는 인도가 지닌 지리적 조건이 동서양 양쪽에 통할 수 있는 위치에 있을 뿐 아니라, 인도 대륙의 기후, 인종, 강, 산 등 자연적 여건이 일찍이 세계 사상의 원천지가 되도록 했을 것이다. 인도만큼 복잡하면서도, 또 단순한 실존적 삶의 적나라한 현장이 이 세상엔 그리 흔치 않았을 것이므로!

『리그베다』
고대 인도의 힌두교 성전인 네 가지 베다 중 하나로, 기원전 15세기에서 10세기경에 귀족 계급인 브라만이 믿었던 기도문 형식의 찬가 모음집이다. 인도에 현존하는 가장 오래된 종교 서적이자, 인도 사상의 원천이라고 할 수 있다.

인도의 역사를 흔히 5,000년의 역사라고 하는데 그 5,000년 역사 중 문학의 역사는 4,000년을 흘러 내려왔다고 할 수 있다. 그 4,000년의 역사 중 대자연의 현상을 신격화하고 이를 소박하면서 서정적인 시가로 힘차게 노래한 『리그베다』로 대표되는 고대 문학 시기를 지나면서 곧바로 2대 서사시가 완성되었으니 그것이 곧 『마하바라타』와 『라마야나』다.

4,000년의 역사를 지닌 인도 문학은 셀 수 없을 정도의 많은 언어와 종교의 복잡성으로 인해 다른 나라들과는 사뭇 다르게 형성되어 왔다.

『마하바라타』와 『라마야나』는 오랜 옛날부터 전해져 내려오던 사건들을 중심으로 신화와 전설까지 포함하여 만들어진 것이다. 설화 문학의 속성이 그러하듯 『마하바라타』와 『라마야나』도 입에서 입으로 수 세기 동안 전해 내려오다 『마하바라타』는 4세기경, 『라마야나』는 2세기쯤에 이르러 현재 전하는 형태의 모습으로 정리된 듯하다. 『마하바라타』의 저자로 알려진 비야사˚라는 성인은 단지 그때까지의 이야기를 정리한 정도의 인물로 여겨진다. 총 18편 10만 송(1송은 116음절 2행)의 시구와 부록인 「하리밤샤」 1편으로 되어 있는 대서사시를 혼자서 창작해 내기엔 버거운 일로 여겨지기 때문이다. 이 분량은 그리스 시인 호메로스˚의 서사시 『일리아드』˚와 『오디세이아』˚를 합한 것의 거의 여덟 배에 해당하는 분량이다.

이야기 전체가 산스크리트 운문으로 쓰인 『마하바라타』는 본래 바라타 족의 큰 싸움을 뜻하는 전쟁 이야기다. 이미 제목에서 전쟁 이야기로 드러났듯이 『마하바라타』는 왕위 계승을 둘러싸고 일어나는 이

비야사
네 가지 베다를 편찬하고 『마하바라타』를 저술했다고 전해지는 인도의 전설 속 성인. 이름은 '편집한다'는 뜻의 산스크리트어에서 유래되었다고 한다. 『요가 수트라』 외에도 그가 썼다고 전해지는 서적이 많다.

호메로스
(BC 800?~BC 750)
유럽 문학 최고(最古)의 서사시 『일리아드』와 『오디세이아』의 작가라고 전해진다. 이 두 서사시는 고대 그리스를 비롯하여 유럽의 문학, 교육, 사고방식에 큰 영향을 미쳤다.

『일리아드』
호메로스가 쓴 그리스의 민족 서사시로, 20년에 걸친 트로이 전쟁 마지막 해에 일어난 사건을 노래했다.

『오디세이아』
'오디세우스의 노래'라는 뜻으로 트로이 전쟁이 끝난 후, 집으로 돌아가기 위해 10년간에 걸쳐 모험한 이야기다.

야기를 기본 축으로 하고 있다.

하지만 『마하바라타』에서 기본 축이 되는 이야기의 분량은 전편의 5분의 1에 지나지 않는다. 그 이야기 사이사이에 전설, 신화, 종교, 도덕, 윤리, 철학, 역사, 사회 풍속, 경제 양식, 법률 제도 등 무수한 자료가 종횡으로 들어 있어 고대 인도에 대한 백과사전이라고 할 수 있을 정도다.

인도 사람들 스스로 "『마하바라타』 안엔 세상 모든 것이 들어 있다. 그래서 『마하바라타』 안에 들어 있지 않은 것은 이 세상에 없는 것이다"라고 자부하듯이 인도 대륙의 일상생활에 깃들어 있는 모든 것들을 풍부하게 다룬 작품인 것이다. 그렇기 때문에 『마하바라타』는 후세의 문학 및 연극뿐만 아니라 종교, 철학, 사상에까지 직접, 간접으로 영향을 끼치게 되는 것이다.

예를 들자면 「나라왕 이야기」, 정절의 아내 「사비트리 이야기」 그리고 지금도 종교 철학 시로 유명한 「바가바드 기타」 등도 모두 『마하바라타』 안에 들어 있는 것이다. 뿐만 아니라 그동안 설화극의 중요한 소재가 되어 왔으며, 근대에 들어와선 소설의 소재가 되기도 했고, 종교나 철학에 있어서 적절한 예증의 삽화로 두루 쓰이고 있기도 하다.

이렇듯 『마하바라타』는 인도인들의 정신 영역에 많은 영향을 끼쳤으며 나아가 남방 지역 및 극동 지역의 문학 및 예술에 특히 많은 자취를 남겼다.

『라마야나』 역시 『마하바라타』와 마찬가지로 설화 문학이며 영웅담이다.

기원전 3세기쯤의 시인으로 알려진 발미키*가 원작자로 알려졌으나, 그는 단순히 편찬자 정도일 것으로 추측된다. 이 작품의 기원은 기원전 11세기까지 거슬러 올라가며, 현재 전하는 형태의 모습을 갖춘 것은 기원후 2세기 말쯤으로 여겨지기 때문이다.

더구나 이야기 가운데에 『마하바라타』나 불교 설화집인 『자타카』*에도 수록되어 있는 것이 있기 때문이다. 총 2만 4,000송의 시구가 일곱 편에 나뉘어 실려 있는데, 1편과 7편은 2세기쯤에 덧붙여진 것으로 여겨지고 있다. 덧붙여진 것으로 보이는 두 편 속엔 많은 전설과 신화 등이 포함되어 있기도 하지만 실존하는 역사적 인물인 라마를 비슈누 신의 화신으로 나타내고 있어서 마침내 이 역사시에 종교적 의미를 부여하는 계기가 된다. 이후 라마를 숭배하는 풍습이 일었으며, 종교뿐만 아니라 문학 및 사상 면에까지 커다란 영향을 끼치게 된다. 아무튼 『라마야나』는 '라마의 이야기'라는 뜻답게 고대 영웅인 라마의 행적과 영웅담 등을 담고 있다. 그러나 단순한 영웅담에 끝나는 것이 아니라 인도인의 일상생활에 스며 있는 많은 이야기와 교훈적인 소재까지 풍부하게 다루고 있다.

영웅담이라는 점에서는 고대 그리스의 서사시 『일리아드』나 『오디세이아』와 비견할 만하다. 오히려 『일

발미키

고대 인도의 전설상의 시인으로, 인도의 2대 서사시 중 하나인 『라마야나』의 작가라고 한다. 명상을 하는 동안 주변에 개미가 개미총(발미카)를 쌓았기 때문에 발미키로 불리게 되었다는 전설이 전해진다. 그러나 『라마야나』는 현재의 형태로 정리되기까지 수백 년이 걸렸고, 1권과 7권은 나중에 더해진 것으로 판명되어서 한 사람이 쓴 책이라고 보기 어렵다. 그렇지만 인도 문학의 전통에서 카비야, 즉 산스크리트 문학의 원조로 숭상받고 최초의 시인이라는 칭호를 얻었다.

『자타카』

팔리어로 쓰여진 고대 인도의 불교 설화집으로, 붓다의 전생에 관한 이야기다. 붓다가 보살로서 수많은 전생을 거듭하며 선행을 쌓았는데, 그 547가지 이야기를 담고 있다.

리아드』나『오디세이아』보다 방대한 분량과 높은 예술적 가치를 지녔으며, 세계 문학에 더욱 깊은 영향을 끼쳤다. 또, 교훈적이라는 점에서 후세에 끊임없이 개작되고 첨삭되면서 인도 지방의 중요한 방언으로 번역되기도 했다.

일반적으로『라마야나』의 문체가『마하바라타』보다 좀 더 기교적인 것으로 알려졌으며 훨씬 세련된 것으로 평가되기도 한다. 그래서 그런지『라마야나』는 훗날에 발달한 시적 작품의 한 형태인 카비야체의 기원으로도 인정되고 있다.

『라마야나』는 현재 세 가지 형태의 이본이 전해지고 있는데, 그중에서 특히 유명한 것은 힌디어 시인인 툴시다스*의『람 차리트 마나스』가 유명하다. 툴시다스는 힌두교도로서 성지를 순례하고 라마에 대한 신앙을 전파하고 다녔는데 동부 힌디어로 라마의 일대기를 썼다. 그러나 고대『라마야나』의 단순한 번역이 아니고 종교적이고 정신적인 부분을 훨씬 강조하고 있다.

라마를 인간으로서만이 아니라 비슈누 신의 화신으로서 더욱 힘 있게 다룸으로써 라마에 대한 숭배 내지는 귀의를 깨달음에 이르는 최상의 길이라고 가르치면서 그에 대한 신앙심을 드높이고 있다. 그래서 이 종교적인 서사시는 지금도 힌두교도들에게 큰 영향을 미치고 있다.

『라마야나』의 주요 뼈대는 코살라국의 왕자인 라마의 파란만장하고 용맹무쌍한 무용담을 기본 축으로 하며 정절의 화신인 왕자부인 시타의 수난받는

툴시다스
(1523?~1623)
인도의 사상가이자 힌디어 종교 시인. 라마신을 숭배하며 수행했다.『람 차리트 마나스』('라마의 행적의 성스러운 호수'라는 뜻)는 당시 사회에 큰 영향을 끼친 종교 서적이었다.

이야기, 동생 바라타의 이야기와 원숭이 하누만 이야기, 그리고 열 개의 머리를 가진 마왕 라바나의 이야기 등을 곁들인 대서사시로 엮여 있다.

라마는 고난을 잘 이겨 내고, 용맹스럽고, 아내를 사랑하며, 성스러운 의무를 다함으로써 결국 그는 모든 힌두교도의 모범이 되고 있다. 물론 그의 부인 시타도 라마와 함께 지위가 올라갔다. 라마에 대한 정절을 지키고 성스러운 의무에 충실했던 점에서 그녀 역시 힌두교도 아내의 귀감으로 여겨지고 있다. 그래서 『라마야나』는 2,000년 이상이나 입에서 입으로 전해진 결과 힌두교도들의 가슴속에 깊이 새겨진 것이다.

『라마야나』에는 슬프고도 아름다운 이야기들이 들어 있어서 더욱 인기가 높다. 일반적으로 인도의 서사시에는 종교적인 요소뿐만 아니라 슬프고도 아름다운, 낭만적인 요소들이 같이 곁들여 있다. 그리고 서양의 전통적인 문학에서 말하는 일반적 규범을 따르고 있지도 않다. 호메로스의 서사시는 한 사람의 주인공의 생애에 있어서 하나의 이야기에 초점을 맞추고 있지만, 인도의 서사시는 주인공으로 등장한 인물의 전 생애를 묘사하는 것은 물론, 그 주변 인물들의 이야기까지 아울러 묘사한다.

인도인들의 문화가 형성되는 데 기본 바탕이 되는 여러 사상들을 녹여 내다 보니 자연 그렇게 방대한 작품이 되었을 것이다. 더더구나 작가 혼자만의 머리에 기대지 않고 수 세기를 이어 오면서 수많은 사람들에 의해 첨삭이 되다 보니 더욱 다양한 구성이 될 수 있었는지도 모른다. 그러한 까닭에 더욱 민중 속에 살아 숨 쉬는, 진정한 의미의 문학 작품으로 살아 있기도 할 것이며 이웃 나라의 문화나 정신사에까지 영향을 끼쳤을 것이다.

『라마야나』는 일찍이 자바, 말레이, 타이, 베트남 등의 남방 지역은 물론 티베트, 중국 등 북쪽에까지 잘 알려져 있다. 특히 중국에서는 불전을 통해 라마의 이야기가 전해졌다.

4장

책을 통한
삶 가꾸기

사람은 책을 만들고,
책은 사람을 만들고

"사람은 책을 만들고, 책은 사람을 만든다." 서점에서 표어로 내세우기 가장 좋아하는 독서 계몽어다. 이 말을 듣거나 보면 거의 누구나 고개를 끄덕이게 된다. '그럴싸하기' 때문이다. 한때는 "책속에 길이 있다"를 많이 내세웠지만, 그 말은 언제부턴가는 슬며시 뒤로 물러나 앉았다. 하도 오래 써먹어서 식상한 말이 되어 버렸기 때문이다. 대중들이 책을 워낙 안 읽는지라 독서 계몽어도 날로 진화해야할 필요가 있는 모양이다. 그런 탓인지 고래로 독서, 즉 책 읽기에 관한 '말씀'은 참으로 많고 또 그럴싸하다.

내가 어린이와 청소년 독자를 의식하며 글을 쓴 뒤부터 변함없이 그럴싸하게 생각하며 되새기는 말은 루이스*의 말이다. 신학자이자 판타지 동화 작가이기도 했던 루이스는 이런 취지의 말을 남겼다. "열 살 때

가치 있게 읽은 책은 쉰 살이 되었을 때 읽어도 열 살 때와 똑같이, 아니 오히려 그때보다 더 읽을 가치가 있어야 한다. 어른이 되어서 읽을 만한 가치가 없는 책은 어렸을 때도 읽을 필요가 없던 책이다." 나아가 누군가는 "두 번 읽을 가치가 없는 책은 한 번 읽을 가치도 없다"라고까지 극단적으로 말한다. 사실 나는 기회 있을 때마다 "나쁜 책은 없다"라고 외치는 사람이다. 그런데 이 말들을 떠올리면 나쁜 책은 없을지라도 읽을 필요가 없는 책은 있다는 데 동의하게 된다. 우리 인생은 무한정 길지 않으므로.

책이라고 하는 물건이 인간을 다른 동물과 다른 존재로 만든 건 틀림없는 사실이다. 소설가 이외수*는 이를 두고 일찍이 이런 어록을 남겼다. 누군가가 "사람이 책을 안 읽는다고 부끄러워할 것 없잖아요?"라고 묻자 이렇게 대답한 것이다. "그렇지. 책 안 읽는 이 세상의 모든 동물들(개나 돼지나 소나 말이나 양 같은 가축을 비롯하여!)이 책을 읽지 않는다고 하나도 부끄러워하지 않거든!" 통쾌하도다. 더 이상 무슨 말이 필요한가!

소설가 이외수뿐만 아니라 동서를 막론하고 책을 바탕 삼아 연구 활동을 하거나 생업을 유지했던 웬만한 지식인은 저마다 책에 대해 한마디씩 했다. 먼저 떠오르는 이는 데카르트*인데 그는 "좋은 책을 읽

는 것은 예전에 살았던 가장 뛰어난 사람들과 대화를 나누는 것이나
마찬가지다"라고 했다. 맞는 말이다. 책을 읽는 것이
시공간을 초월해 뛰어난 사람들과 대화를 나누는
일이 아니고 무엇이겠는가. 물론 사람도 여러 종류
여서 대하는 방식은 제각기 다르다. 그래서 베이컨*
은 "어떤 책은 맛만 보면 되고, 어떤 책은 그냥 삼키
고, 어떤 책은 잘 씹어서 소화시켜야 한다"라고 했
을 것이다.

프랜시스 베이컨
(1561~1626)
영국의 철학자이자 정치
가. 영국 경험론의 창시자
로, 자연 철학에 관심이 있
어서 과학 방법론, 귀납법
등을 주장했다. 『학문의 권
위와 진보』, 『숲과 숲』 등의
저서가 있다.

이러한 말들에서 알 수 있듯이 책을 읽는 일은 인격 수양과 더불어 실용적인 지식을 습득하는 행위다. 서양 쪽에선 아무래도 과학이라 일컫는, 실용적인 지식 습득에 책 읽기가 필요했다. 이에 반해 동양, 특히 우리나라는 책을 읽는 일은 곧 인격 수양 그 자체였다. 그래서 "집안에 책을 읽는 종자가 끊이지 않게 하라"는 유언이 나오기도 한다.

이 말은 조선 시대 숙종 때 영의정까지 지냈지만 진도로 유배되었다가 마침내 사약을 들이켜고 목숨을 끊어야 했던 김수항의 마지막 말이다. 그는 죽음에 닥쳐서도 자식들에게 책 읽기를 강조했다.

김수항은 원자 책봉 문제로 일어난 기사환국[◆] 때 유배를 간 인물로, 병자호란[◆] 때 "가노라 삼각산아 다시 보자 한강수야……"라는 애끓는 시조를 남기고 청나라로 끌려간 척화파 김상헌의 손자다. 김수항의 아들 가운데 하나는 신임사화[◆] 때 목숨을 잃고, 또 하나는 형의 죽음에 지병이 도져 같은 해에 죽고 만다. 그럼에도 그들은 세상을 뜰 때까지 책 읽기를 소홀히 하지 않았다.

물론 조선 시대에 책을 읽는다는 건 유학 경전을 읽는 일이며, 그 행위의 결과는 과거 시험으로 나타나야 했다. 그렇다고 책을 읽는 목적이 오로지 과거 시험을 보기 위한 것만은 아니었다. 그보다는 먼저 책을 읽는 행위 자체를 통해 '사람이 되는 것'이라고 생각했다. 그러하기에 죽음에 임해서도 집안에서 책을 읽는 일이 그치지 않아야 한다고 한 것이다. 책을 읽음으로써 올바른 인간이 된다고 믿었기 때문이다.

그러나 책의 쓰임이 올바르지 않으면 책은 독이 되기도 한다. 조선시대의 그 많은 당쟁은 어디에서 왔는가? 그들이 받들어 모시던 맹자조차도 "모두들 책을 믿는다면, 책이 없는 것만 못하니라"라고 했거늘 그들은 어쩌자고 책 속의 자구에 그토록 매달렸을까? 같은 글을 읽고도 달리 해석하고 작은 차이에도 파를 달리하는 건 책의 탓인가? 사람의 탓인가? 이런 상황을 일러 서양 사람 에머슨*은 "책은 유용하게 쓰였을 때 가장 좋은 것이 되고, 악용되었을 때는 최악의 것이 된다"라고 했겠지.

글을 쓰는 작가로 살면서 가장 괴로운 일은, 역설적이게도 내가 쓴 책을 남이 읽는다는 일이다. 가능하다면 나는 책을 쓰지 않고 남이 쓴 책만 읽고 싶다! 그래서 나는 기회만 있으면 내 책을 쓰는 일보다는 남의 책을 읽는 일에 더욱 매달린다. 이런 나이기에 소크라테스 아저씨의 말씀이 무척 위안이 될 때가 많다. "남의 책을 읽는 데 많은 시간을 보내라. 남이 고생한 것을 가지고 쉽게 자기를 바꿀 수 있다."

사실 나는 남의 책을 많이 읽는 일이 곧 자신의 책도 잘 쓰는 일이 될 것이다, 라고 믿고 산다. 비근한 예가 될지는 모르겠지만 20세기의 두 독재자를 비교해 봐도 알 수 있다. 무솔리니와 히틀러. 무솔리니는

> R. W. 에머슨
> (1803~1882)
> 미국의 철학자이자 시인으로, 성직에 있었으나 교회와 부딪혀 성직에서 물러났다. 시인 워즈워스의 영향을 받았다. 부르주아를 비판하고 노예 제도에 반대했다. 『자연』, 『대표적 인물』 등의 저서가 있다.

독서광이었다고 한다. 그는 책을 읽을 때면 늘 체계적으로 정리해 놓는 버릇이 있었다. 그래서 글도 잘 썼다. 그에 비해 히틀러는 좀 아니올시다였나 보다. 히틀러는 『나의 투쟁』이라는 600쪽짜리 책을 통해 나치즘을 설명했다. 무솔리니는? 단 10쪽짜리 유인물에 파시즘을 요령 있게 설명해 놓았단다. 비록 독재자의 예이긴 하지만 독서의 영향은 이런 데에까지 미친다. 그렇다면 나는? 나는 한두 줄의 시로 감동을 주지 못해 몇천 줄의 소설을 쓰지 않을 수 없다고 농담 삼아 말한다. 근데 가만 생각해 보니 그 말이 틀리지 않은 것 같다. 말이 많아야, 책이 두꺼워야 좋은 게 아니다. 요령 있는 사람이면 한두 마디면 될걸, 장황하게 한두 시간을 떠드는 사람이 있는 것을 보라. 아무래도 나는 책을 제대로 읽은 것 같지 않다. 나 같은 사람을 두고 로크*는 이런 말을 했을까? "독서는 지식의 재료만 줄 뿐이다. 그것을 자신의 것으로 만드는 건 사색의 힘이다." 이제 분명해졌다. 책을 읽은 만큼 사색의 시간이 필요하리라…….

자전거 타기와 책 읽기

　　어렸을 때 자전거를 몇 번 타 보고선 오랫동안 자전거를 타지 않았다. 어른이 된 뒤, 수십 년 만에 자전거를 탈 기회가 생겼다. '탈 수 있을까?' 하는 의구심 때문에 처음엔 망설였다. 잘 타는 건 놔두고, 자전거에 올라탄 뒤 최소한 쓰러지지 않고 몇 바퀴라도 굴러가게 할 수 있겠는가, 하는 걱정이 든 것이다. 어찌어찌 자전거에 올라탔다. 그런데 웬걸? 안장에 올라타 발판을 밟자 자전거가 쓰러지지 않고 앞으로 나가는 것 아닌가? 신기했다. 몇십 년 만에 타 보는 자전거. 처음 몇 초 동안은 약간 어색하여 몸이 기우뚱하는 것 같았지만 이내 곧 균형을 잡고 '그럭저럭' 바람을 가르며 나가는 재미에 빠질 수 있었다. 자전거 타기를 배운 지 몇십 년이 지났지만 내 몸의 근육과 신경은 자전거 타기를 처음 배울 때의 기억을 되살려 냈다.

책 읽기도 이런 것 아닐까? 일단 어려서 책 읽는 습관을 들여 놓으면 그 습관이 평생 간다. 어른이 되는 과정에서 피치 못할 사정으로 책에서 멀어지더라도 어떤 계기가 있어 책을 다시 접하게 되면 바로 읽을 수가 있다. 그러나 어려서 책 읽는 습관을 들이지 않은 사람은 책을 다시 접할 기회가 와도 책을 읽지 않는다. 어쩌면 책이 자기를 찾아온 줄도 모르고 지날 수도 있다. 내가 어려서 자전거 타기를 배워 두지 않았다면 자전거를 탈 기회가 생겼더라도 애써 모른 체했을 것이다. 그러나 오래전일망정 배워 두었기에 한번 '타 볼까?' 하는 호기심을 내게 되었다. 책도 마찬가지다. 어려서 책 읽기 습관을 들이지 않은 사람은 어른이 되어 책을 봐도 호기심이 일지 않을 게 뻔하다.

그래서 청소년기의 독서 체험은 중요하다. 그때의 독서 체험이 이후 성인기 삶의 질에 영향을 끼치기 때문이다. 그런데 청소년기의 독서가 중요한 줄은 알지만 정작 청소년에게 권할 책은 마땅치 않다. 그래서 그동안은 어른들이 보는 책을 같이 보았다. 하지만 청소년은 어른의 축소판이 아니다. 청소년이라는 별개의 '인종'인 것이다. 그렇다면 그 '인종'에 걸맞은 책이 있어야 한다.

내가 자랄 땐 나의 체형에 맞는 자전거가 따로 없었다. 그래서 하는 수 없이 커다랗고 무겁기 짝이 없는 성인용 '짐받이' 자전거로 자전거 타기를 배웠다. 물론 그렇게 해서도 자전거를 탈 수는 있다. 그러나 내 몸에 맞지 않기 때문에 더 넘어지기도 하고, 한번 넘어지면 자전거가 무거워 일으켜 세우기도 어려웠다.

이제 겨우 자전거에 올라타고 모는 법 정도밖에 익히지 않은 아이에게 성인용 자전거나 경주용 자전거를 타라고 할 수는 없다. 그 나이에 맞는 자전거를 타야 한다. 물론 몸집이 커서 성인용 자전거가 몸에 맞는 청소년이 있을 수 있다. 그러나 극히 예외적인 몇 아이를 두고 일반화시킬 수는 없는 일이다. 책도 마찬가지다. 독서력이 뛰어난 청소년은 성인용 책을 읽어도 다 소화할 것이다. 그러나 독서력이 뛰어난 몇 아이가 전체 아이를 대표할 수는 없다. 그래서 청소년이라는 특수한 '인종'에 맞는 책이 따로 필요한 것이다.

내가 내 안에 있는 청소년의 요구를 외면할 수 없어 청소년용 소설을 처음 쓰던 20여 년 전에는 이제 막 '어린이'에 대한 관심이 일어서 이른바 '아동용 도서'가 쏟아져 나오기 시작했다. 그럼에도 청소년은 아직 관심 밖이었다. 청소년은 이미 어린이가 아니다. 그렇다고 어른이 된 것도 아니다. 그런데도 아무도 눈길을 주지 않았다. 그건 청소년이 사람으로 분류되지 않는, '공부하는 기계'였기 때문이다. 어른들은 청소년들에게 공부하기 위해선 교과서와 참고서가 아닌 다른 책을 읽어서는 안 된다고 윽박질렀다. 그런데 교과서와 참고서만 읽는 게 공부인가? 쌀밥도 밥이지만 보리밥도 밥이고 콩밥도 밥이다. 그간 청소년들에게 쌀밥 아닌 다른 밥을 너무 주지 않았다. 그래서 영양이 고루 갖춰지지 않아 허약 체질의 청소년이 많았다. 청소년들로 하여금 정신의 영양소를 두루 갖추게 할 책이 필요하다.

내 몸은 너무 오래 서 있거나 걸어왔다

이른바 여름휴가 절정기에는 서울이 텅 빈 느낌이다. 도로에 차가 없어 한산한 것은 물론, 시장 바닥에 버글대던 사람도 없다.

어느 날 시내에서 볼일을 보고 밤에 버스를 탔더니 평소엔 잘해야 한 시간 걸리던 귀가길이 25분밖에 걸리지 않았다. 그래서 운전기사 아저씨 왈, "이참에 피서 간 사람들 다시 서울로 오지 못하게 하면 좋겠구먼. 어이구, 시원하게 뚫렸네!" 했다. 바로 운전기사 뒷자리에 앉아 있던 나 역시 그분의 말씀에 고개를 끄덕였다. 그러나 이내 곧 나는 뒤를 둘러보고 말했다. 승객이 두서넛밖에 없는 것 같아서였다. "근데 아저씨, 저 탄 뒤론 탄 사람이 아무도 없었지요? 그러고 보면 피서 간 사람들 다시 안 오면 아저씨 일자리도 없어져서 안 되겠는데요."

모두들 바다로 산으로 떠나고 없는 서울은 조용했다. 그러나 바로 다시 시끌벅적해지기 시작했다. 떠났던 사람들이 다시 돌아오기 시작한 것이다. 사람 사는 곳이 항상 조용할 수만은 없다. 어차피 서로 몸 부딪치며, 아웅다웅하며 사는 게 사람살이니까.

사람들이 떠나고 없는 서울에서 이문구* 소설 『내 몸은 너무 오래 서 있거나 걸어왔다』를 읽었다. 이문구의 기왕의 소설이 그러했듯이 이 소설 역시 사람들이 서로 상처 내며, 부대끼고, 그러면서도 서로 껴안으며 살지 않을 수 없는 상황들을 그려 내고 있다. 무대는 서울만큼 사람이 많은 곳이 아닌, 충청도 시골이다.

이문구(1941~2003)
우리말의 가락을 잘 살려 냈다고 평가되는 소설가. 6·25 전쟁으로 가족을 잃고 막노동과 행상으로 생계를 유지하다가 서라벌예술대학에서 김동리에게 수학했다. 작가가 경험한 농촌과 농민의 문제를 작품화했다. 『이 풍진 세상을』, 『매월당 김시습』, 『소리나는 쪽으로 돌아보다』 등의 작품이 있다.

시골이라고 해서, 삶이 없는 것이 아니다. 떠날 사람은 떠나도 아직도 뿌리를 내린 채 살 사람은 살고 있다. 아무래도 50대 이전보다는 50대 이후 연령층이 많기는 하지만. 작가는 그들의 삶을 유장한 문장으로 엮어 냈다.

작가는 충청도 사투리가 문학적으로 쓰일 때 얼마만큼 맛깔스러운지를 유감없이 보여 주고 있다. 혹, 반질거리는 서울말에 길들여진 사람은 읽기가 거북스러울지도 모른다. 그러나 충청도 시골 사람의 이야기를 서울말로 들려주었다면, 글쎄, 그땐 소설이 아니고 취재기 혹은 에세이가 되었을 것이다.

『관촌수필』과 『우리 동네』에서 이어진 '이문구 표' 문장은 누구도 흉내 내기가 어렵다. 작가의 글쓰기가 삶과 밀착되어 있고, 더구나 동시대인의 생활과 정서에 밀착되어 있기에 가능한 문장들이다.

은유
표현하려는 대상을 다른 대
상에 빗대어 표현하는 비유
법으로, 직유와 대조되는 용
어다.

풍유
알레고리, 우의라고도 하는
문학적 기법으로, 추상적인
관념을 구체적인 비유로 표
현하는 것이다. "개구리 올
챙이 적 생각 못한다"라든
가 "빈 수레가 요란하다" 등
의 표현이 해당된다.

해학
사회적 현상이나 현실을 우
스꽝스럽게 드러내는 문학
적 기법으로, 표현하려는 것
을 과장하거나 왜곡하거나
비꼬아서 웃음을 유발한다.

'이문구 표' 문장은 사투리가 내뿜을 수 있는 여러 미덕을 두루 가지고 있다. 은유*와 풍유*와 해학*은 물론 농경 생활 깊숙이 박혀 있는 것들에 대한 정확한 이름 드러내기까지 어느 것 하나 서울말로는 대체할 수 없는 것들이다. 거기에다가 결코 경박하지 않을 만큼의 한문이 대거리 문장으로 박혀 있어 묘한 대조를 이루며 책 읽기의 즐거움을 배가 한다. 이를테면 일상적인 것과 비일상적인 것, 현재적인 것과 과거적인 것, 서민적인 것과 엄숙주의적인 것들의 기묘한 균형 관계라고나 할까.

이 소설집은 나무가 제목으로 들어가는 연작 형태다. 그런데 제목으로 쓰인 나무치고 경제성 있는 나무가 없다. 그 누구도 돌아보지도 않는 하찮기 짝이 없는 나무들이다. 하지만 소설 속의 화자들에겐 소중하기 그지없는 상징을 지니고 있는 나무들이다. 아마도 자신들의 삶이 투영되어 있기 때문이리라. 그래서 이야기를 따라가다 보면 처음엔 웃음이 배시시 새어 나오다가 나중엔 가슴이 아리다. 모두들 잘났네, 못났네 하지만 한 꺼풀 벗겨 보면 사람 사는 꼴이 모두 저러려니 하는 마음일 것이기에.

개인적으로 이문구는 그가 '우리 동네' 연작을 발표할 때인 1970년대부터 좋아하던 작가다. 상과 대학에 적을 두고 있는 형편이지만 학교의 농촌 경제 교과목보다는 그의 소설을 통해 농촌 경제를 더욱 실감할 정도였다.

문화적인 것과
인간적인 것

시월이면 흔히 듣는 말이 있다. '독서의 계절'이니 '문화의 달'이니 하는 말. 그러나 출판사나 책방 관계자들의 말을 들어 보면 시월을 포함한 가을에 책이 가장 팔리지 않는단다. 독서하기 좋은 날씨는 그만큼 놀러 다니기에도 좋기에.

언젠가 들은 이야기 하나. 서울 올림픽을 치른 후에 어느 기자가 일본에 가서 일본 기자들을 만났단다. 화제가 올림픽을 포함한 스포츠 이야기로 자연히 흘렀다. 그래서 이 기자 양반, "한국이 서울 올림픽을 계기로 스포츠 강국이 되었다. 이제 곧 여러 분야에서 일본을 따라잡을 것이다"라고 의기양양하게 떠들었단다. 그러자 묵묵히 듣고 있던 일본 기자가 빙그레 웃으면서 말했단다. "뭐, 스포츠에선 한국이 일본을 제칠 수 있을지 몰라도 다른 분야는 어림도 없다. 한국인들의 1인당 한

해 독서량은 겨우 두세 권인데, 일본인들은 그 열 배도 넘는다"라고 말
이다. 우리나라 기자의 말문이 막혔을 것은 두말할 필요도 없다.

한때 "스포츠는 국력이다"라는 말이 유행했다. 그러나 진정한 국력은
그 나라의 문화적인 힘에서 나온다. 운동을 잘해서 수억의 돈을 벌어
들인다고 바로 국력이 되는 것은 아니다. 가장 확실한 국력은 문화적인
차원에서 우위를 차지하는 것이다. 어느 나라에서고 인정하지 않을 수
없는 문화적인 힘, 그게 바로 국력이다.

현대에 들어와서 문화적인 현상은 이루 말할 수 없이 넓어졌다. 대중
이 스포츠에 열광하는 것 자체도 따지고 보면 일종의 문화적 현상이라

고 할 수 있다. 그래서 운동을 잘해서 직접적으로 벌어들이는 돈이 문제가 아니라 그 운동과 관련해서 일어날 수 있는 일들이 무엇인가가 더 중요한 연구 대상이 되었다. 그만큼 문화 혹은 문화적인 현상이라고 할 만한 것이 광범위하게 걸쳐 있다는 말이다.

『문화적인 것과 인간적인 것』은 문화를 다각적인 차원에서 바라본 글을 묶은 것이다. 현대 문화의 특성에 대한 철학적 에세이라고 할 수 있다. 더불어 제목에 '인간적인 것'이라는 말이 붙은 것은 결국 문화를 창조하고 향유하는 집단은 인간이기 때문에 그렇다.

이 책은 철학을 공부한 학자가 쓴 책이지만 철학 자체의 논리에 붙들려 있지 않다. 그래서 "문화란 무엇인가?"라 하여 철학적인 개념을 늘어놓지 않고 '문화적인 것'이 무엇인가를 따져 본다. 또 같은 논리로 "인간이란 무엇인가?"라는 고전적인 질문을 하지 않고 '인간적인 것'이 무엇인지를 밝혀 보려 한다.

문화가 오늘날 우리의 삶에서 어떻게 작용하는가를 밝히기 위해서 지은이는 동서고금의 시, 소설, 동화 등을 비롯한 문학 작품과 현대의 상업 영화는 물론 방송극에 이르기까지 다양한 예시를 통해 독자로 하여금 일상의 삶을 새롭게 보는 안목을 갖게 해 준다.

『미운 오리 새끼』 이야기를 통해서는 닫힌 사회를 논하고, 『어린 왕자』를 통해선 일상의 속박에 대해서 논한다. 『이상한 나라의 앨리스』 『왕자와 거지』 등에서 보듯, 지은이는 특히 동화 작품의 분석을 통해 인간 이해의 지평을 넓히고 오늘의 문화 현실의 맥을 짚어 본다.

인간의 끝없는 욕망이 어떤 현상을 낳고, 나아가 문화적 차원에서 어떻게 변용되는가를 알고 싶은 이들에게 정독을 권한다. 약간 산만한 책의 구성이나 지은이의 현학적인 문장에서 오는 부담감을 상쇄할 만한 즐거움이 분명 있으니까!

고통받는 몸의 역사

　사람이 일생을 살아간다는 것은 어쩌면 온갖 역경과 투쟁하는 것인지도 모른다. 그런데 여러 가지 역경 가운데 아마도 으뜸은 병마일 것이다. 사람이 지구에서 생활을 시작한 이래 질병은 단 하루도 사람의 곁을 떠난 적이 없을 테니까.

　옛날 사람들은 병을 악마의 저주나 귀신이 씌인 것으로 생각했다. 그러기에 기독교 전통에서 보면 병은 '치유'의 대상이 아니라 '죄의 사함'의 대상이 되었다. 그래서 중세 때까지 서구 환자들은 교회에 가서 '죄의 사함'을 구했다. 이른바 자신이 죄가 많아 몹쓸 병이 몸에 붙어 있다고 여긴 것이다. 우리 나라에서도 병에 걸리면 곧잘 굿을 했다. 몸에 붙은 나쁜 귀신들을 몰아내야 한다고 여긴 것이다.

　병은 지금도 모든 원인이 규명되지 않고, 완전한 치료도 어렵다. 그래

『보왕삼매론』
중국 원나라 말기부터 명나
라 초기에 중생을 교화한 묘
협스님의 『보왕삼매염불직
지』 중 17편인 「십대애행」에
나오는 구절을 가려 뽑은 글
이다.

서 사람들은 병원에서 절망적인 소리를 들으면 마지막으로 한 가닥 희망을 찾아 교회나 절을 찾아 기도를 드리기도 하고 무당을 찾아 굿을 하기도 한다. 아무튼 고대인들이나 중세인들과 마찬가지로 현대인들에게도 병은 여전히 두려운 대상이다.

옛날에는 폐병은 물론 충수염 정도만 걸려도 거의 죽었다. 그러나 지금은 항생제와 수술의 발달로 그 정도는 위협적인 병이 아니다. 그 대신 암이 가장 위협적인 병이 되었다. 그러나 암도 초기에 발견하면 어느 정도 치료를 할 수 있는 수준에 이르렀다. 그러자 이번엔 에이즈라는 강적이 나타났다. 에이즈가 사라지면 또 무슨 병이 나타날지 모른다.

이처럼 병은 점점 더 강도를 더해 가면서 사람의 몸과 계속 함께하고 있다. 그래서 절집의 『보왕삼매론』*에 보면 이런 말이 첫머리에 올라와 있다.

몸에 병 없기를 바라지 말라. 몸에 병이 없으면 탐욕이 생기기 쉽다. 그래서 성인이 말씀하기를 "병고로써 양약(良藥)을 삼으라" 하셨느니라.

병에 걸리면 그때까지 안 보이던 세상살이의 이면이 새롭게 보이는 건 사실이다. 그래서 병만 나으면 이것도 하고 저것도 하고 좋은 일도 해야지, 하면서 새로운 각오들을 많이 한다. 그런 점에서 보면 적당하게 몸이 아픈 건 오히려 사람들을 겸손하게 하는 양약이 될 수도 있다.

하지만 우리 보통 사람들의 마음이 어디 그런가? 화장실 갈 때와 올 때의 마음이 늘 다른데…….

　　몸이 아파 본 사람이면 단 10년을 살더라도 병 없이 건강하게 살다 가고 싶어 한다. 그만큼 병은 몸에 지니고 있고 싶지 않은 불청객이다. 그러한 불청객을 몰아내기 위해 사람들이 어떻게 대처했고, 그 불청객이 역사의 물길을 어떻게 바꾸었는가에 대해 정리한 책이 있다.

　『고통받는 몸의 역사』는 인류의 역사를 바꾼 질병을 비롯해 의학·과학과 관련한 주술의 역사에 이르기까지 다양한 필진이 참여해 서술한 책이다.

　한때 유럽 전체를 공포의 도가니에 몰아넣었던 페스트에 대해서도 새로운 해석을 가하고 있다. 과연 쥐가 페스트의 주범인가 하는 것이다. 또 막강 나폴레옹 군대가 러시아 원정에서 패배한 것은 다름 아닌 티푸스 때문이었다는 것을 비롯해, 이 책은 역사적으로 의미를 가질 수밖에 없는 질병들에 대해 구체적인 자료와 역사 기록을 바탕으로 하여 체계적으로 접근하고 있다.

　나아가 질병 앞에서 너무나 하잘것없는 존재일 수밖에 없는 사람이라는 동물의 실존에 대해, 또 잘못된 치료법의 역사에 대해서도 흥미롭게 서술하고 있다. 이 책을 읽고 나면 지금 우리가 바른 치료법이라고 하는 것들에 대해서도 다시 한 번 생각해 보게 된다.

　또 모든 역사는 실패와 우연의 결합이 아닌가 하는 생각도 든다. 수혈의 경우, 처음엔 동물의 피를 사람 몸에 넣고자 했다는 것을 보면 황당하기는 하지만, 그러한 황당한 발상이 결국은 지금 단계의 수혈 요법을 탄생시킨 게 아닌가 여겨진다. 물론 지금 시술되고 있는 수혈 요법도 언젠가는 원시적 형태의 의술이라 하여 뒤로 물러날 때가 있겠지만.

가족이라는
그 슬픈 울타리

초등학교 앞 문방구 가게에 아이들이 몰려 있다. 마치 그 옛날 시골 무논의 물꼬 밑에 미꾸라지 꾀듯 한 모습이다. 학용품 사는 녀석, 뽑기통 들여다보는 녀석, 게임기 앞에 쭈그려 앉은 녀석, 입에 사탕을 물고 있는 녀석 등 아이들은 저마다 볼일에 바쁘다. 참으로 평화로운 아침 풍경이다. 그런데 나는 학교 앞을 지나며 아이들을 볼 때마다 뜬금없게도 불안한 마음이 든다. 왜 그럴까? 엉뚱하게도, 저 아이들의 집안이 '두루' 편안할까 하는 생각이 들어서 그렇다. 떠들썩한 아이들의 조잘거림 속에 도사리고 있을 것만 같은 불안함. 그 불안함이 평화로운 아침 풍경을 일그러지게 한다. 어제오늘 일만은 아니지만, 요즘 들어 무너지는 가족이 더욱 많다. 가장이 실직해서, 사업이 망해서, 부부 사이가 좋지 않아서, 교통사고 같은 게 나서……. 가족이 무너지는 이유도 가지가지다. 그렇다면, 겉으론 웃거나 떠들지만 분명 적지 않은 아이들의 가슴속에는 무너진 가족의 그늘이 드리워져 있을 것이다.

어른들이 흔히 쓰는 말 가운데에 "애들은 몰라도 돼!"라는 말이 있다. 아이들더러 어른들 일에 끼어들지 말라고 할 때 쉽게 내뱉는 말이다. 이 말 속엔 아이들은 아직 덜 자란 존재이니까 어른들 일에 감히 아는 척해서는 안 된다는 뜻이 들어 있다. 그러면서 덧붙이는 말이 "너는 네 할 일이나 잘해!"다. 그런데 과연 그럴까? 아이들은 어른들보다 덜 자란 존재이기에 어른들 일과 상관없이 자기 일이나 잘하면 그만일까? 결코 그렇지 않다. 아이들이라고 해서 세상과 따로 떨어져 존재하지 않는다. 오히려 어른들보다 아이들이 세상일에 더 휘둘리며 살아야 한다. 아이들은 아직 스스로 할 수 있는 게 별로 없기 때문이다. 그러니 가족에 문제가 생겼을 때 가장 먼저 다치는 대상은 아이들이다. 아이들은 '지지고 볶더라도' 가족이라는 울타리 안에 있을 때 덜 불안하다. 설령 아버지가 돈을 못 벌더라도, 어머니가 병석에 누워 있더라도, 흥부네 자식처럼 못 먹고 헐벗더라도 아이들은 가족을 원한다.

노경실은 동화 작업을 시작한 이래 줄곧 가족 이야기를 써 왔다. 현역 작가 가운데에 양적으로나 질적으로나 가족 이야기를 그만큼 많이 생산해 낸 작가는 없을 것이다. 왜 그랬을까? 『복실이네 가족사진』을 보면 그 까닭을 어느 정도 알 수 있을 것이다. 『복실이네 가족사진』은 30~40년 전 가난한 시절 이야기다. 가난하기에 겪어야 하는 삶의 애환이 어쩔 수 없이 바닥에 깔려 있지만, 그 애환을 바

탕으로 하여 피어나는 가족 사이의 정이 듬뿍 담겨 있다. 이 작품은 어찌 보면 〈그때를 아십니까?〉 류의 희미한 회고조 이야기로 떨어져 버릴 수도 있었다. 그러나 작가는 흘러간 옛 모습을 통해 언제고 변하지 않을 삶의 의미를 줄기차게 되물으며, 삶의 바탕인 '가족'의 의미를 깊이 새김으로써 작품의 현재적 의미를 놓치지 않는다. 노경실에게 가족은 그의 목숨이고 이야기 밭이다. 그래서 그는 오늘도 가족을 이야기로 쓴다.

이금이에게 가족은 흩어지면 다시 모여야 하고, 어디가 조금 어긋나면 다시 바로잡아서라도 지탱하고자 하는 '신앙'이다. 적지 않은 작품 활동 기간 동안 그는 줄곧 가족 안에서도 아이들의 시선을 놓치지 않으려고 애써 왔다. 그래서 그의 작품에 나오는 아이들은 '성장'을 한다. 작가가 나이 들어 가는 만큼 같이 자라는 것이다. 그만큼 작가 자신이 등장인물에 깊이 투영된다는 이야기일 것이다. 『밤티마을 큰돌이네 집』은 자칫 통속으로 떨어질 수 있을 만큼 아슬아슬하다. 장애를 가진 할아버지, 늘 화난 표정의 아버지, 집 나간 엄마, 새엄마, 수양딸로 간 아이……. 그러나 작가는 특유의 입담으로 인물의 통속성을 벗기고 인물의 새로운 전형을 만들어 냄으로써 '이금이 표' 동화 세계를 지킨다.

외국 작품인 『돼지가 한 마리도 죽지 않던 날』은 아버지와 아들 이야기다. 무지하게 추운 겨울의 가난을 견뎌 내기 위해 아들이 정을 주며 친구처럼 지내던 새끼 돼지를 죽여야 하는 아버지. 새끼 돼지를 죽이고 나서 돌아서서 눈물 흘리던 아버지. 가난이 뭔지 알아야 하는 아들. 그리고 마침내 아버지의 눈물까지 이해하는……. 아버지와 아들은 가장 가까운 사이이면서도, 서로 이해하기 어려운 사이이기도 하다. 일반적으로 아들은 끊임없이 아버지의 권위와 아버지의 틀에서 벗어나고자 한다. 인류가 생긴 이래 이처럼 복잡한 인간관계도 흔치 않을 것이다. 마침내 아버지가 죽으면 아들은 훌쩍 자란다. 이 작품에서도 마찬가지다.

가족은 어쩌면 남보다도 더 '징글징글하고 상처 주는 집단'인지도 모른다. 그런데도 인간은 가족을 잃으면 못 견뎌 하고 또다시 새로운 가족을 꿈꾼다. 정호승 시인의 말마따나 '외로우니까 사람'이라서 그러는 걸까? 어찌할 수 없는, 가족이라는 그 슬픈 울타리라니!

실험적인,
너무나 실험적인 '삶'이라니!

오늘 아침에도 어떤 '가족' 하나가 무너진 소식을 들었다. 빚에 시달리던 가장이 자녀와 아내를 죽이고 자신도 목숨을 끊었다는 것이다. 없는 집구석엔 할 일이 싸움뿐이라더니, 그 가장과 아내는 빚 때문에 늘 다투었던 모양이다. 혹자는 "그렇다고 목숨을 끊어?"라고 내뱉을지 모르겠다. 그러나 그 당사자인들 죽고 싶었겠는가, 오죽하면 그랬겠는가…….

가족이 무너지고 있다. 가장이 실직하여 무너지고, 빚에 시달려 무너지고, 먹고살기 힘들어 무너지고, 교통사고 같은 게 나서 무너지고, 부부가 뜻이 맞지 않아 무너지고, 고부 갈등 때문에 무너진다. 무너지는 까닭을 대자면 끝이 없을 것이다. 그럼 무너진 뒤에는 어떻게 되는가? 앞에서처럼 한 가족이 사라져 버리는 경우는 제쳐 두더라도, 부부가 갈라선 경우는 그 뒤처리를 어떻게 하는가? 결혼한 부부 두 쌍 가운데에 한 쌍이 갈라선다는데, 갈라선 다음엔 모두들 뒤처리를 어떻게 하고 있는가? 가족이라는 울타리를 쳐 놓고 살다가 갑자기 그 울타리가 없어져 버리면, 그 울타리 안에 있던 아이들은 어떻게 되는가?

극단적으로 말하자면 이제 '사랑의 보금자리'를 꾸리고 사는 가족이 많지 않은 것 같다. 어느 집안을 들여다보아도 문제투성이다. 여기서 그 원인을 따져 가며 사회적·문화적 측면에서 고찰할 생각은 없다. 그저 사랑의 보금자리라는 울타리가 걷히고 났을 때의 뒷일이 궁금할 뿐이다. 특히 어른들이 결정한 일 때문에 느닷없는 일을 당한 아이들이 어떤 모습으로 살아가고 있는지, 그게 궁금할 뿐이다.

배봉기는 그동안 주로 가족 문제와 아이들 스스로의 정체성에 대한 문제를 작품 소재로 다루어 왔다. 몇 작품의 제목만 보아도 작가의 관심이 어디 있는지 금세 눈치챌 수 있다. 『새 동생』『난 이게 좋아』『나는 나』『실험 가족』 등.

『실험 가족』이라는 파격적인 제목을 단 작품은 말 그대로 실험적이다. 지금까지 나온 어떠한 가족 동화에서도 잘 다루지 않은 이야기다. 가족이 해체되는 과정에서 발생하는 아이들의 고민이나 아이들이 견디는 모습은 다른 작가의 작품에서도 많이 볼 수 있다. 그렇지만 『실험 가족』에서처럼 이미 편부와 편모(어떤 이유로 그렇게 되었든) 상태인 두 가정이 한 가정이 되기 위해 노력하는 모습을 다룬 작품은 흔치 않다.

영수는 엄마랑 사는 아이이고, 민호는 아빠랑 사는 아이이다. 영수 아빠는 엄마와 헤어져 남이 되었고, 민호 엄마는 병으로 세상을 떴다. 영수 엄마와 민호 아빠는 대학 다닐 때부터 잘 아는 사이다. 그러기에 서로 비슷한 처지가 되자 아픔을 함께 이겨 내기 위해, 나아가 아이들에게 새로 아빠와 엄마가 되어 주기 위해 뜻을 모은다. 따로 살기보다는 같이 살아 보면 어떨까 하는 생각을 한 것이다. 그러나 섣불리 '완전한 가족'이 되려 하지는 않는다. 일단 서서히 맞추어 보고 마지막 결정을 하기로 한다. 한창 예민한 아이들을 염두에 두지 않을 수 없어서다.

작가는 영수와 민호 두 아이를 동갑내기 사내아이로 설정했다. 이런 경우 흔히 사내아이와 여자아이로, 또 나이 차도 있게 설정함으로써 더 아기자기한 상황을 만들어 나간다. 새로 오빠가 생겨 좋다느니, 새로 누나가 생겨 좋다느니 하면서 말이다. 그러나 작가는 두 아이의 성격을 많이 다르게 설정하고, 객관적 조건은 비슷하게 설정함으로써 쉽게 한 가족으로 섞일 수 없는 상황을 만들어 놓았다. 그래서 이야기는 자연스레 두 아이의 갈등과 대립의 과정을 많이 보여 주게 된다. 어느 아이인들 낯선 상황을 쉽게 받아들일 수 있겠는가? 더더구나 같은 학교를 다니는 동갑내기 사내아이들이기에 부딪칠 일이 하나둘이 아니다. 여러 우여곡절을 겪은 끝에 아이들은 결국 서로를 받아들이게 된다. 이야기를 읽어 가다 보면 필연적으로 그렇게 될 것이라고 짐작이 간다.

그러나 이야기가 끝날 때까지 두 가족이 한 가족을 이루어 한집에 사는 모습은 보여 주지 않는다. 마지막까지 실험을 하는 것이다. 아이들이 화해를 하고 어른들 대신 다시 처음으로 돌아가 실험 가족을 추진하지만, 같이 모여 오순도순 사는 모습은 보여 주지 않고 끝난다. 그 대신 긴 여행을 시작하기 위해 차를 몰고 떠나는 장면을 마지막으로 보여 준다. 물론 그 떠남은 단순히 휴가를 보내기 위한 여행으로 그치지 않고 새로운 삶의 시작을 알리는 여행이다. 여기까지다, 이 작품의 몫은.

사실 합치는 과정보다는 합친 뒤에 살아가기가 더욱 힘들다. 그러나 『실험 가족』은 여기까지만의 실험 성공으로 끝나고 만다. 그래서 '실험 가족'이라는 제목과는 달리 너무 낭만적인 모습을 보여 주고 마는 게 아닌가 하는 아쉬움도 있다. 그렇다 하더라도 그게 이 작품의 의미를 깎지는 않을 것이다.

가족이 뭘까? 그토록 애써 새로 가족을 만들어서까지 살아야 할까? 사실 남보다 가족이 더 '상처'를 주는 때가 많다. 그런데도 사람들은 가족이 깨지면 깨질 때까지의 아픔은 잊고, 또 새로운 가족을 원한다. 사람이라는 존재는 외롭고 약하기 때문일 것이다. 가족이 상처인 줄 알면서도 또 가족을 원하는, 어찌할 수 없는 사람의 본능 앞에 가슴이 먹먹해진다. 여기서 사회 경제적, 정치 경제적 의미는 굳이 갖다 붙이지 말지어다.

역사, 퍼내도 퍼내도 마르지 않는 이야기 샘

"역사는 과거와 현재의 대화"라는 말이 있다. 이는 과거의 역사를 통해 현재의 삶을 꿰뚫어 보라는 이야기다. 흔히 역사는 되풀이된다 하지 않던가. 그 되풀이되는 역사 속에서 시행착오를 겪지 않으려면 과거의 일을 거울 삼아 오늘을 잘 비추어 봐야 할 것이다. 그러나 어쩌랴, 아인슈타인 선생의 "역사에서 배울 수 있는 분명한 사실은 인간은 역사에서 배우지 않는다는 것이다"라는 말이 요즘 내 가슴을 치는 것을. 그렇다 하더라도 우리는 역사를 무시할 수는 없다. 현재 우리가 발 딛고 사는 현실의 뿌리가 결국은 역사이기 때문이다.

이문영의 〈역사 속으로 숑숑〉 시리즈는 우리나라 역사 이야기다. 고조선 시대부터 해서 우리의 역사적 사건을 이야기의 씨줄로 삼고, 현대의 아이 리아가 일상생활에서 겪는 일을 날줄로 삼은 모험 판타지다.

작가는 사학을 전공했기에 우리 역사를 요즘 아이들에게 어떻게 인식시킬 것인가 하는 문제를 일찌감치 느끼고 있었던 듯싶다. 사실 대중적인 일반 역사서처럼 쉽게 풀어 쓴 역사책은 많다. 하지만 대부분의 아이들은 우리의 5,000년 역사를 아주 어려워한다. 그러면서도 그리스 신화나 서양 역사는 줄줄 꿴다. 그건 바로 이야기나 만화로 많이 소개되었기 때문이다. 작가는 바로 그 점에 착안하여 요즘 아이들에게 알맞은 이야기 틀에 역사를 담아 내놓았다.

우리 역사는 마냥 평온한 역사가 아니기 때문에 꽤나 얽히고설켜 복잡다단하다. 그래서 어린 학생들이 갈피를 잡아 가며 이해하기가 쉽지만은 않다. 더구나 공교육에서 우리나라 역사 과목이 제대로 대접을 받지 못하고 이리저리 휘둘리기까지 하다 보니, '고조선'과 '고구려'와 '고려'를 제대로 구분 못하는 대학생까지 있다. 인정하고 싶지 않지만 현실이다. 옛 시대만 구분 못하는 게 아니다. 현대사에 대한 개념도 없다. 6·25 전쟁*은 거의 임진란 무렵에 있었던 전쟁이고, 5·18 광주 민주화 운동*은 일제 강점기 시절 독립 운동쯤으로 알고 있다. 그런 대학생들도 아메리카나 유럽 역사는 잘 안다. 심지어는 커피나 홍차의 유럽 이동 경로까지 시시콜콜하게 쫙 꿴다. 소름 돋는 일이다.

〈역사 속으로 숑숑〉은 초등학생뿐만 아니라 우리

역사에 대한 인식이 보잘것없는 대학생들도 재미있게 읽을 만하다. 청소년들 역시 역사에 대해선 많이 알지 못한다. 이 또래는 유명 연예인이나 운동선수의 가계사와 개인사는 꿰지만, 이 땅에 뿌리박고 산 사람들의 사회사나 생활사는 모른다.

이 책은 역사적 사건을 소재로 하되, 현실 속에서 부딪히는 문제와 결부시켜 역사 속 사건을 해결하는 구조를 띠고 있어 이른바 '팩션'에 익숙한 요즘 독자들의 입맛에 맞게 서술되어 있다.

무엇보다도 이 책의 장점은 우리 조상들의 삶이 곧 우리의 역사라는 걸 잘 보여 주고 있으며, 엄청난 우리 역사를 지루하지 않게 술술 읽히도록 서술했다는 것이다. 어린 독자들이 흥미를 잃지 않도록 이야기 길목마다 위험에 빠지게 한 뒤 여러 곡절을 거쳐 위험에서 빠져나오게 했다. 그 과정에서 독자는 역사적 문제를 알게 되고 주인공과 함께 문제도 해결하게 된다. 그런 뒤 현실로 돌아오면 주인공과 함께 독자도 부쩍 자라 있다. 미성숙 자아가 판타지 세계로 떠난 뒤 모험을 겪고 다시 현실 세계로 돌아오는 과정을 통해 성장의 모습을 보여 주고 있는데, 이는 판타지 동화의 기본 구도이기도 하다.

지금 세상이 온통 어지럽다. 이럴 때일수록 근본으로 돌아가 바탕을 알고 역사의 거울에 비추어 오늘의 삶을 돌아봐야 할 것이다. 그래야 역사가 그나마 앞으로 전진한다. 아마도 아인슈타인 선생이 개탄한 것은 바로 이 점일 것이다. 도대체 역사에서 교훈을 배우지 않으려 하는 일부 지각이 몰(沒)한 사람들의 태도!

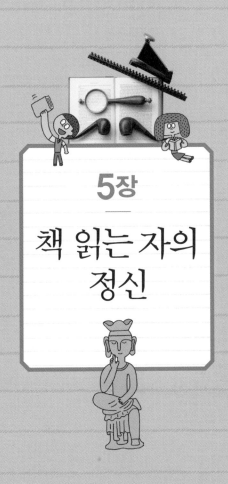

5장

책 읽는 자의 정신

바보들의 행진

책의 세계엔 삼치(三癡), 즉 세 바보가 있다. 책을 빌려 달라고 하는 첫 번째 바보, 빌려 달라고 해서 그냥 책을 빌려 주는 두 번째 바보, 기왕 빌려 온 책을 돌려주는 세 번째 바보. 이 글을 읽는 독자는 어느 바보 축에 드는지? 필자는 아직까지 누구에게 책을 빌려 달라고 한 적이 없다. 그러니 첫 번째 바보와 세 번째 바보는 면한 셈이다. 그러나 책을 빌려 준 적이 있어 두 번째 바보 노릇은 해 보았다.

1980년, 대학 4학년 때 일이다. 내가 다닌 전남대학교를 품고 있는 광주는 잔인한 봄을 맞아야 했다. 5·18 광주 민주화 운동이 일어났다. 그로 말미암아 나의 마지막 학창 시절은 암흑 그 자체였다. 거리는 무거운 침묵에 잠겨 버렸고, 학교 문은 굳게 닫힌 채 열릴 기색이 보이지 않았다. 게다가 죽음으로, 체포로, 수배로 사라진 이름들이 많았다. 그럼

에도 살아남은 자들은 기회 있을 때마다 학교 가까이 다가갔다. 당장 학교 안엔 못 들어가도 서로들 조심스레 뒷소식을 물으며 흉흉한 소문에 치를 떨기도 하고 암담한 미래에 절망하기도 했다. 마침 그때 내 자취방이 학교 가까이 있었다.

동기 한 녀석이 나를 따라 자취방에 들렀다. 그땐 웬만한 책들은 눈에 보이는 데 두지 못하고 함부로 들고 다니지도 못했다. 책 한 권이 바로 그 사람의 인신을 구속하던 시대였으니까. 그래서 자취방 책장엔 그저 '무난한' 책들만 남아 있을 수밖에 없었다. 마침 그 친구 눈에 문학평론가 이어령*의 『흙 속에 저 바람 속에』가 눈에 띄었던 모양이다. 1960년대에 그 책은 낙양의 지

이어령(1934~)
『우상의 파괴』로 문단에 파문을 일으켰고, 평론으로 등단했다. 소설가이자 수필가, 평론가로 활동하고 있다. 《문학사상》을 창간했고, 『축소 지향의 일본인』 등의 저서를 펴냈다.

가를 올린 바 있지만 1970년대엔 이미 한물간 책이었다. 그래서 그 많던 대학생 필독서 목록에 한 번도 자리하지 못했다. 바로 그렇기에 그 책은 책장의 자리를 차지하고 있을 수 있었다.

친구 녀석은 아무 생각 없이 그 책을 쑥 꺼내 들었다. 그러더니 그냥 며칠 보겠단다. 나는 평소 같았으면 당연히 빌려 주지 않았을 테지만, 시절이 시절인지라 그깟 책 한 권에 인심 사납게 굴 수가 없어서 친구가 그 책을 업어 가는 데도 싫단 말 한 마디 하지 못했다. 그러나 속으론 몹시 편치 않았다. 그 책은 고향 집에 있던 걸 가져다 놓은 것이기 때문이다. 시골 학교의 교원이었던 아버지 서가엔 제법 책이 많았다. 한국 문학 전집에서부터 사르트르*, 카뮈*, 체호프*, 몸*에 이르기까지 웬만한 기본서는 갖추어져 있었다. 그런 아버지 서가에서 가져다 놓은 책이라 '효심' 차원에서라도 잃어버리면 안 되는 책이었다. 더더구나 그 책은 저자의 다른 책 두 권과 한 질을 이루어 당시로선 호사스러운 치장을 하고 있었다.

역시나! 책을 빌려 간 녀석은 얼굴 볼 때마다 이야기를 했건만 몇 달이 되어도 가져올 생각을 하지 않았다. 마침내 가까스로 휴교령이 풀려 억지 졸업을 하게 되었는데도 가져오지 않았다. 나는 안달이 났

장 폴 사르트르 (1905~1980)
프랑스의 작가이자 사상가로, 시몬 드 보부아르와 계약 결혼을 한 것으로도 유명하다. 그의 실존주의는 제2차 세계대전 전후의 대표적인 사조였다. 『구토』 『자유의 길』 『존재와 무』 등의 저서가 있다.

알베르 카뮈(1913~1960)
프랑스의 소설가이자 극작가. 대표작인 『이방인』은 부조리의 사상을 펼쳐 보인 문제작이다. 『전락』 『시시포스의 신화』 『페스트』 등의 작품을 썼다.

안톤 체호프(1860~1904)
러시아의 소설가이자 극작가로 19세기 말 러시아 사실주의를 대표한다. 근대 단편 소설의 거장으로 손꼽힌다. 『갈매기』 『바냐 아저씨』 『세 자매』 『벚꽃 동산』이 4대 작품으로, 현대 연극사에 큰 영향을 미쳤다.

윌리엄 서머셋 몸 (1874~1965)
영국의 작가이자 극작가로, 의학을 공부하다가 문학으로 전향했다. 동양의 신비를 동경했고 명석한 문체와 묘사로 유명하다. 『인간의 굴레』 『달과 6펜스』 등의 작품이 있다.

다. 세 권이 들어 있어야 할 책함에 두 권뿐이라서 볼 때마다 눈에 참 거슬리기도 했다. 결국은 졸업식 뒷날 그 친구 집을 찾아갔다. 그렇게 해서 어렵게 그 책을 돌려받았다. 그 친구는 그때 이후 수십 년이 흘렀는데도 아직까지 한 번도 못 만났다. 그래서 졸업식 뒷날 쫓아가 책을 찾아 놓지 않았으면 그 책은 영영 내 품에서 떠나고 말았을 것이라 생각하니, 아찔하다.

자, 이쯤 되면 나는 책에 대해 몹시 집착하는 애서벽(愛書癖)을 지닌 서음증(書淫症) 환자일지 모른다. 그러나 그렇다고 해서 나의 애서벽이 그냥 책을 쌓아 놓는 것 자체만을 즐기는 장서가적 취미는 아니다. 나는 나의 생업을 위해 책이 필요할 뿐이다.

책 수집에 대한 이야기를 할 때 빼놓을 수 없는 사람은 바로 육당 최남선*이다. 육당은 책을 빌려 주지는 않으면서 남한테 빌린 책은 절대로 돌려주지 않은 사람으로 유명했다. 그는 책을 빌려 달라고 할 땐 바보였지만, 일단 빌린 책은 어떻게든 돌려주지 않았으므로 아주 바보는 아니었다. 그렇게 하여 그는 무려 18만 권이나 되는 장서를 모았다. 육당은 그 많은 책을 모을 때 온갖 꾀와 수단을 동원했다. 책을 빌린 다음 돌려주지 않는 것은 기본이고, 어수룩한 시골 선비들을 어르고 달래 귀한 책을 손에 넣기도 했다. 그는 마음에 드는 책을 보면 안달이 나서 견디지 못했다. 한 번은 고서점에서 자신의 연

최남선(1890~1957)
사학자이자 문인으로 언문일치의 문학 운동을 주도하여 한국 근대 문학의 선구자로 불린다. 잡지 《소년》을 창간하고 「해에게서 소년에게」를 발표했다. 3·1운동 때 독립선언문을 기초하고 민족 대표 48인의 한 사람이었지만 친일 행위로 돌아섰다. 『백팔번뇌』, 『삼국유사 해제』 등의 저서가 있다.

166

구에 필요한 책을 발견했으나 너무 값이 나가는 책이라 돈이 부족했다. 그래서 돈 많은 친구한테 돈 좀 빌려 달라고 했으나 거절당했다. 그런데 나중에 그 서점에 다시 가 보니 그 책을 그 친구가 사 갔더란다! 그 뒤부터 육당은 한민족의 민족성을 경멸하며 친일파가 되었다나 어쨌다나……. 어떻든 육당이 모은 희귀서들은 나중에 공공기관으로 들어갔다니 다행이라면 참 다행이다.

육당처럼 책을 빌려 주지 않은 사람이 있는가 하면, 책을 잘 빌려 주어야 한다고 주장하던 사람도 있었다. 바로 간서치(看書癡: 책만 보는 바보) 이덕무*다. 그는 스스로 『간서치전』이라는 자전을 지은 사람이다. 이덕무는 당대에 책을 가장 좋아하는 이로 이름이 난 사람이다. 그는 남의 책을 빌려 잔뜩 쌓아 놓고 날마다 책을 읽어야 했다. 책을 읽지 않으면 견딜 수가 없었다. 읽을 책이 없으면 장부나 달력 같은 것이라도 뒤적여야 했다. 이른바 문자 중독증에 단단히 걸린 것이다. 그래서 스스로를 책만 보는 바보라 일렀겠지!

이덕무는 가난하여 책을 살 수가 없었다. 그러기에 남의 책을 빌려서 책에 대한 욕심을 채울 수밖에 없었다. 이덕무에게 세상에서 가장 나쁜 족속은 바로 책을 빌려 주지 않는 사람이다. (내가 그와 같은 시대에 살았으면 일단 나쁜 놈이 되었으리라!) 그는 군자라면 책을 빌려서라도 읽어야 한다고 했다. 자신은 읽지도 않으면서 남에게 빌려 주지도 않는 사람은 어질지 못한 나쁜 족속이라 했다. (어이쿠, 다행이다!

> **이덕무(1741~1793)**
> 조선 후기의 실학자로, 박학다식하고 문장이 개성적이어서 명성을 떨쳤으나, 서자여서 크게 등용되지 못했다. 북학파 실학자들과 교유하며 많은 영향을 받았다. 글씨와 그림에도 능했고, 서적의 정리와 교감에 종사했다. 『관독일기』, 『영처시고』 등의 저서가 있다.

나는 읽기 위해 책을 모은다.) 그는 책을 빌려 주어 내면을 살찌게 하는 것은 굶주림을 면하게 하는 것과 같다고 했다.

그러나 이덕무는 책 욕심이 아무리 나도 육당처럼 빌린 책을 자기가 가져 버리는 법은 없었다. 그는 책을 빌려 오면 깨끗하게 보고 기한 안에 돌려주어야 한다고 했으며, 그 책을 또 남에게 빌려 주어서는 안 된다고 했다. 자신이 책을 읽고 싶어 하는 만큼, 책 주인의 책에 대한 마음도 누구보다 잘 알고 있기 때문이었으리라.

틈만 나면 "책을 빌려 주는 놈도 바보, 빌린 책을 돌려주는 놈도 바보"라고 해 쌓던 육당, 그가 어렵게 모은 책의 높이만큼 그의 뒤끝도 깔끔했으면 좋으련만…… 아무리 많은 책을 보아도 책 읽는 자의 정신을 올곧게 끝까지 갖추어 살기는 쉽지 않은 모양이다. 그렇다면 육당은 책을 잘못 본 바보였을까? 바보 같은 질문을 해 본다.

스스로 책만 보는 바보라 일컬었던 이덕무는 누가 뭐래도 당대 으뜸가는 지식인이었다. 게다가 그는 두말할 것 없이 책을 대하는 자세에서부터 책 읽는 자의 정신을 제대로 보여 준 사람이다. 결코 한쪽으로 치우친 편협한 모습 없이 진짜로 책을 아끼고 좋아한 사람이다. 그는 결코 '책만 본' 바보가 아니었다. 그렇다면 나는 어찌해야 하는가? 조선시대의 이덕무에 비하면 21세기의 나는 훨씬 나은 조건에서 책을 구할 수 있고 읽을 수 있다. 진짜 바보가 되지 않기 위해서 나는 어찌해야 하는가?

모든 헌책은
새 책이다

"모든 헌책은 새 책이다." 이 말은 몇 해 전, 헌책방을 제 집 드나들 듯하는 우리말 운동가 최종규로부터 그가 쓴 『모든 책은 헌책이다』라는 책을 받고 답례로 떠올린 말이다. 내가 그렇게 생각한 것은 헌책방을 통해 다시 태어나는 책이 많기 때문이다. 책을 읽는 사람이 점점 줄어듦에도 해마다 발간되는 책의 양은 늘어 간다. 그렇다면 새 책방에서 몇 달 버티지 못한 책들은 다 어디로 가는가?

책의 역할은 무엇보다도 독자의 손에 들려 읽히는 것이다. 그런데 많은 책이 독자의 손에 들어가 보지도 못하고 운명을 마친다. 또 독자의 손에 들어갔다 하더라도 그다지 사랑을 못 받고 다시 내쳐지는 경우도 많다. 헌책방은 어떤 이유로든 독자의 손에 들어가지 못하거나, 오래 머물지 못한 책들의 대기소다. 눈 밝은 독자는 헌책방에서 용케도 좋은 책을 찾아낸다. 그 순간 헌책은 다시 새 책이 되는 것이다. 그러나 헌책방에서도 반기지 않을 책은 영영 새 책으로 다시 태어나지 못한다. 그러니 출판사들이여, 바라건대 제발 헌책방에 꽂힐 수 있는 책을 출판하시라!

요즘엔 이런저런 일로 바빠서 헌책방 나들이를 많이 못하지만 서너 해 전까지만 해도 나는 취미란에 '헌책방 나들이'라고 적을 만큼 헌책방을 많이 들락거렸다.

내가 헌책방에서 구한 첫 책은 광주 계림동 헌책방 거리에서 산 정경진의 『수학의 완성』과 몇몇 외국어 사전, 그리고 일본 작가 고미카와 준페이*의 『인간의 조건』이라는 책이다. 궁벽한 진도 촌놈이 고등학교를 다니기 위해 광주라는 도시에 왔더니, 같이 자취하기로 한 한 학년 위 친지가 참고서 같은 건 헌책방이 싸다면서 계림동 헌책방 거리로 데려갔던 것이다. 돌이켜 생각해 보니 책과 뒹굴게 된 운명의 절묘한 시작이었다.

그날 이후 나는 책방, 특히 헌책방을 벗어나지 못하는 사람이 되고 말았다. 당시 광주에는 계림동 말고도 양림동이라는 곳에 헌책방이 많았다. 가난한 시골 유학생은 당연히 깨끗한 새 책방들이 있는 충장로 쪽보다는 계림동과 양림동의 헌책방 거리에서 열심히 발품을 팔았다.

학교를 마치고 서울로 거처를 옮긴 뒤에도 헌책방 순례의 발길은 그치지 않았다. 내 인생에 있어 가

고미카와 준페이
(1916~1995)
만주에서 태어나 도쿄에서 대학을 다녔다. 중일전쟁이 일어나면서 독서 동아리에 참여했다는 이유로 경찰에 의해 고문을 당했다. 군수회사에 취직했다가 군에 입대했고, 1945년에 소련군과 전투를 벌이다가 소속 부대원이 전멸당했다. 이때의 경험을 바탕으로 『인간의 조건』이라는 대하 소설을 발표했으며, 일본에서만 1,500만 부가 넘게 팔리는 베스트셀러가 되었다.

장 큰 획을 그은 헌책방은 광화문에 있던 '공씨책방'이었다. '헌책 교보문고'를 꿈꾸던, 전설적인 헌책방 주인 공진석이 열었던 곳이다. 나는 3~4만 권의 책이 개미귀신 굴처럼 얽힌 그곳에서 책도 책이지만 정호승 시인과 박원순 변호사를 비롯해 헌책방 애호가들을 많이 만났다. 공진석은 자기 책방에 있는 책의 내용을 거의 파악하고 있는 데다 외국어 해독 능력도 상당해서 영어는 물론 독어나 일어 책도 웬만큼 섭렵하고 있었다. 게다가 책 손님이 무슨 글을 쓰기 위해 이런저런 자료가 필요하다고 하면 거기에 맞는 책을 쭉 뽑아 놓고 연락을 했다. 그러니 자연 골수 단골이 많을 수밖에.

공씨책방은 책방이 있던 자리가 재개발되면서 서울대 앞으로 책방을 옮겼지만, 그의 기대와는 달리 대학생들은 헌책방에 들어와 보지도 않았다. 결국 이런저런 어려움에 빠진 주인장은 책을 사 오다가 버스에서 쓰러져 세상을 떠났다. 그 뒤 몇몇 사람들이 모여 유고집『옛 책, 그 언저리에서』를 펴냈다. 그는 1950~60년대의 많은 젊은이들이 그러했듯이 가난 때문에 미처 고등학교도 마치지 못하고 생활 전선에 뛰어들었다. 그러면서도 소설 쓰기를 멈추지 않아 일간지 신춘문예 최종심에도 두 번이나 올라가고 어느 잡지 논픽션 공모에선 최우수상을 받기도 했다. 그러나 살아생전 작품집 한 권 내지 못하고 남의 책만 팔다가 죽어서야 단골 고객들의 도움으로 유고집을 낸 것이다. 그 뒤 공씨책방은 조카에 의해 신촌으로 옮겨져 명맥을 이어 가고 있다. 그나마 다행이라면 다행이다.

공씨책방 다음으로 자주 들락거린 헌책방은 신림동의 '책상은 책상이다', '할(喝) 헌책방', '현대서점', 봉천동의 '삼우서적', '동양서점', '흙서점', 사당동의 '책창고', 대방동의 '대방 헌책방', 노량진의 '책방 진호', 장승배기의 '문화서점', 독립문의 '골목책방', 용산의 '뿌리서점', 금호동의 '고구마' 등이다. 한때 서울역 앞에도 헌책방이 많아 자주 들락거렸지만 어느 순간 다 사라져 버려서, 단골 식당이 없어져 버린 미식가의 심정이 되어 서울역 앞 거리를 하릴없이 배회한 적도 있다.

헌책방에 볼 만한 책이 나오면 눈에 띄는 즉시 바로 사 와야 한다. 그렇지 않으면 누군가가 마치 기다리고 있었다는 듯이 사 가 버리기 때문이다. 나도 그런 경험이 있다. 30대의 어느 날, 귀갓길에 봉천역 가까이 있던 삼우서적에 들렀더니 문학과 역사, 정치, 경제에 걸쳐 서양의 고전과 근대물을 잘 편집한 〈그레이트 북스〉 시리즈 원서가 수십 권 들어와 있었다. 장정도 마음에 들고 내용도 마음에 들어 사고 싶은데 그놈의 '쩐'이 문제였다. 책값이 60만 원대였던 것이다. 그때 내 수입으론 도무지 감당이 되지 않는 액수였다. 신용 카드 할부라도 해 주면 사겠는데, 헌책방은 신용 카드 같은 건 가맹조차도 하지 않았다. '베토벤 머리'의 주인장은 책값을 분할해서 내는 일반 월부도 해 주기 곤란해했다. 하는 수 없이 만지작거리던 책을 두고 책방을 나왔지만 집에 와서도 계속 그 책들이 눈앞에 삼삼했다. 그날 이후 몇 번이나 다시 가서 책을 만져 보았다. 딱 서재에 들여놓고 코를 박고서 차근차근 한 장 한 장 읽으면 다시없이 좋을 구성이었다. 그런데 어느 날 서점에 다시 들렀더니 그 책 꾸러미가 있던 자리가 휑했다. 관악산의 모 대학 교수가 사 갔다나 어쨌다나. 맥이 탁 풀려서 나는 한동안 그 서점에 갈 수가 없었다.

점점 헌책방이 사라지고 있다. 이미 새 책방도 동네 서점은 거의 사라지고 없다. 새 책방은 그렇다 하더라도 헌책방이 많아야 헌책이 다시 새 책이 될 텐데, 헌책방도 같이 사라지고 있다. 청계천에 헌책방들이 좀 있긴 하지만 인공 청계천엔 사람이 붐벼도 책방엔 '별로'다. 우스갯소리 같지만 근대 이전 국문학 관계 논문을 쓰려면 청계천이 아닌 일본의 헌책방 거리인 간다[神田]로 날아가서 자료를 구해야 한단다. 일제 강점기 때 유출된 것도 많겠지만 우리 헌책방이나 도서관이 제 역할을 못하는 사이 빠져나간 것도 많을 것이다.

내 지적 바탕의 많은 부분은 헌책방에서 다시 살아난 책을 통해 이루어졌다고도 할 수 있다. 그런 내가 바라는 건 동네 새 책방이 사라진 자리에 헌책방이 들어서면 어떨까 하는 것이다. 앞에서 말한 일본의 간다 헌책방 거리나, 세계적으로 유명한 영국의 헌책방 고을인 헤이온와이 같은 것은 꿈도 꾸지 못하더라도 '퀴퀴한' 우리식 동네 헌책방이라도 사라지지 않았으면 하는 바람이다. 너무 크게 바라는 것일까?

저마다 다른 얼굴, 얼굴들

나는 직업상 사람의 얼굴에 관심이 많다. 그래서 길을 가거나 전철 같은 것을 타고 갈 때 만나는 사람들의 얼굴을 유심히 쳐다본다. 사람들의 얼굴을 들여다보면 저마다 이야기를 한 편씩 가지고 있기 때문이다.

나는 회사원의 얼굴에선 그만이 가지고 있을 고단한 이야기를 읽어 내고, 청순한 아가씨의 얼굴에선 또 그녀만이 꿈꾸고 있는 이야기를 읽어 낸다. 작가인 나로서는 이처럼 남의 얼굴을 들여다보는 일이 아주 중요한 일 가운데 하나다.

그래서 체계적으로 관상 보는 일을 배운 일은 없지만, 지금은 웬만한 사람의 얼굴을 보면 그 사람의 성격이나 하는 일 같은 것을 대강 짐작할 수 있을 정도가 되었다.

이처럼 내가 사람들의 얼굴에 집착하는 이유는 문학이라는 것이 결국은 사람과 그 사람들이 모여 사는 사람 살이에 대한 이야기이기 때문이다.

사람 얼굴에 대한 관심은 나만으로 그치지 않는다. 내 학생들도 나의 취미 활동에 동참해야 한다. 문학 지망생인 그들에게 전철 앞자리에 앉은 사람들 얼굴을 기억해 이력서를 작성하는 과제를 내 준다. 그런 뒤 그 이력서를 바탕으로 한 사람의 생애를 구성하게 한다. 한 사람의 생애를 구성하면 이야기가 발생하므로⋯⋯.

디지털 카메라나 휴대 전화 사진기로 찍어 와서 들여다보면 더 좋겠지만, 그랬다간 자칫 초상권 시비가 벌어질 테니 함부로 사진은 찍을 수 없다. 그 대신 얼굴을 기억해서 가상의 이력서를 작성하라고 한다.

『얼굴, 한국인의 낯』이라는 책이 내 손에 들어왔다. 그렇지 않아도 사람 얼굴에 관심이 많은지라 단숨에 읽었다.

물론, 관상 보는 책은 아니다. 저자는 미술 대학에서 동양화를 전공하고 의과 대학에서 인체 해부학을 연구한, 특이한 경력의 소유자다. 그런 다음 한국인의 얼굴에 대해 20년 이상을 연구했다. 그렇다고 해서 이 책이 전문가용으로 어렵게 쓰인 것은 아니다. 이 책은 평균적인 독서 능력을 가진 사람이면 누구나 읽을 수 있다.

책의 구성은 한국인 얼굴의 특징에서 시작하여 우리 얼굴의 역사, 그 얼굴과 얽힌 문화를 거쳐 한국인의 낯 가꾸기로 끝난다. 책의 구성에서 드러난 바와 같이 저자는 '체질적 의미의 한국인, 문화적 의미의 한국인'에 대해 이야기한다. 저자가 바라는 바는 이러한 것을 통해 우리 자신을 제대로 알고, 계속 지켜야 할 점과 고쳐야 할 점을 보여 주는 것이다.

그렇다고 책이 국수적이거나 선동적인 내용을 담고 있지는 않다. 반대로 우리 자신을 비하하는 내용을 담고 있는 것도 아니다. 저자는 차분한 문체와 객관적인 자료와 통계로 철저히 고증된 것만을 얘기한다.

우리는 "흔히 낯이 뜨겁다", "낯을 들고 다닐 수가 없다"라는 말을 한다. 그만큼 우리에게 낯(얼굴)은 한 인간의 전부를 나타내는 상징이나 마찬가지다. 새로운 세기를 살고 있는 지금, 저마다의 상징에 대해 다시 한 번 돌아보고 '낯 가꾸기'를 잘했으면 한다.

정말로, 정말로
소중한 것들

키 큰 미루나무, 짙푸른 소나무 숲, 잎 너른 플라타너스,
졸졸거리는 개울물······.

시골 학교를 떠올리면 덩달아 떠오르는 풍경들이다. 게다가 운동회라
도 열릴라치면 좁은 운동장에 가득한 마을 어른들의 소란스러운 소리
와 아이들 떠드는 소리, 그리고 덩달아 멍멍거리는 개들의 소리, 소리들.

시골 학교는 어디를 가나 거의 비슷한 모습을 간직하고 있었다. 그러
나 지금 그러한 모습을 간직한 시골 학교가 사라지고 있다.

지난 20~30년 동안 농어촌에선 꾸준히 학교가 사라져 갔다. 일정한
학생 수를 정해 놓고 학생 수가 그 기준에 이르지 못하면 학교 문을 닫
게 한 것이다. 이름하여 작은 학교 통폐합 정책.

내 고향의 초등학교들도 처음엔 본교였으나, 이내 곧 분교로, 마침내

는 폐교되고 말았다. 내가 다닌 중학교도 없어지고 말았다!

걸어 다닐 만한 거리에 있던 학교가 없어진 대신 지역 교육청에서 운행하는 통학 버스가 다닌다. 아이들은 이제 통학 버스 오는 시간이 학교 가는 시간이다. 아이들은 통학 버스가 마을에 들어오는 시간에 맞추어 학교 갈 준비를 해야 한다.

학교가 아무리 작다 해도, 공공기관의 행정력이 잘 미치지 않는 시골에선 학교가 다른 무엇보다도 중요한 공공기관이다. 오지로 들어가면 들어갈수록 지역 사회의 학교 의존도는 더 높다. 아이들을 맡겨서 교육을 시키는 건 기본이고, 마을의 웬만한 행사는 학교와 연계가 되며, 심지어는 주민들끼리 다툼이 나도 학교 선생님이 나서서 중재를 할 정도다. 그런데 그런 학교가 사라져 가고 있다.

물론 나라에서 작은 학교를 통폐합시키는 데 따르는 명분은 있다. 그래서 나라에서 내세우는 경제적인 측면과 교육적인 측면의 효과 모두 수긍이 간다. 경제적으론 학교 하나 유지하는 것보다 통학 버스 운행하는 편이 훨씬 '싸게 먹힌단다.' 그리고 아이들은 또래가 많은 데서 어울려 지내야 사회성이 생긴단다! 모르는 바는 아니다. 또 반박할 거리도 많다. 하지만 지역에서 학교가 없어지면 나라에서 내세우는 효과 이상으로 잃는 게 많다. 여기서 장황하게 그것까진 거론하지 않겠다.

시골의 작은 학교를 살려야 하는 이유는, 한마디로 말해서 그곳에도 사람이 살고 있기 때문이다. 단 한 사람이라도 사람이 살고 있는 한, 나라는 주민의 의사에 반해서 학교를 없애면 안 된다.

마을의 학교가 없어져서 나이 어린 아이들이 위험한 뱃길로 학교를 오가야 하고, 몇십 리 산길을 통학 버스로 오가야 한다. 생각해 보자, 무엇이 더 교육적인가를.

시골의 작은 학교, 단순히 향수를 불러일으키는 대상인 것만은 아니다. 아직도 그곳엔 사람이 살고 있다. 그것만으로 충분하다. 더 이상 무슨 이유가 분분하게 필요할까?

나는 오래전에 작은 학교 문제를 어린이 소설 『까치학교』에 담아 낸 적이 있다. 물론 사라져가는 학교 이야기를 책으로 쓰기 전에도, 써낸 후에도 작은 학교에 대한 나의 생각은 변함이 없다.

작은 학교에 대해 다른 분들이 쓴 책도 많이 나와 있지만 그 가운데 두 권을 소개한다.

『소중한 것은 사라지지 않는다』는 실제 이야기가 담겨 있다. 모두 열 편인데, 책에서 다룬 학교 가운데 몇 학교는 이미 문을 닫았다. 정말로 무엇이 소중한가를 그곳 아이들과 어른들을 통해 알 수 있게 그려져 있다.

『작은 학교 이야기』는 사라져 가는 작은 학교가 안타까워 수년 동안 전국을 돌아다니며 작은 학교의 자잘한 일상을 사진으로 담은 뒤 글과 그림으로 다시 꾸며 낸 책이다. 글쓴이의 풋풋한 마음이 곳곳에서 드러난다.

지식인을 조심하라고요?

루소*를 아는지? 입센*은? 톨스토이*는? 우리나라에서
중등 교육 정도 받은 사람이면 다 아는 사람들이다. 물론 우리가 아는
것은 그 사람들의 '업적'이라 일컬어지는 것들에 대
한 것이다. 그들은 소위 지식인이라고 할 수 있는 사
람들로, 인류 지성사에 저마다 영향을 끼친 사람들
이다.

우리 또래는 학교 다닐 때 이런저런 교과목에서
그러한 사람들의 '업적'에 대해 거의 무비판적으로
소개받아 그대로 살이 되고 피가 되게 외워 댔다. 아,
그런데 말이다, 그 사람들이 자신들의 머리로 궁리
해 내고 입으로 떠든 것과는 너무나 다르게 살다 갔

장 자크 루소
(1823~1906)
프랑스의 계몽사상가이자
철학자, 미학자, 교육론자
이기도 했다. 이원론을 바
탕으로 봉건 지배 체제에
반대했다. 사회 계약론을
주장했는데, 인간의 자연
상태는 우정과 조화를 바탕
으로 한다고 했다. 『인간 불
평등의 기원 및 기초론』, 『신
엘로이즈』, 『고백록』 등의
저서가 있다.

다는 사실을 알면 실망감이 들까? 아니면 고개를 끄덕이며 인간적으론 그럴 수 있겠다고 고개를 끄덕이게 될까?

우리는 예로부터 지식인에 대한 애정은 거의 무한대적이어서 웬만한 도덕적 결함은 이해하고 덮어 주었다. 그러나 이제는 지식이라는 것을 소수의 특권 계층만이 누리는 것도 아니고, 인류의 복리 증진에 지식인만이 기여하는 것도 아니다. 문제는 언제나 앎과 행이 일치하는 지식인이냐, 아니냐 하는 것이다.

기왕이면 삶의 여러 조각이 어그러짐 없이 잘 들어맞는 참지식인이 되는 게 좋을 것이다. 그런데 그게 그리 쉬운 일이 아니다.

헨리크 입센(1823~1906) 노르웨이의 극작가로, 근대극을 확립하고 근대 사상과 여성 해방 운동에 큰 영향을 미쳤다. 『인형의 집』은 페미니즘 희극의 시초로 불린다.

레프 니콜라예비치 톨스토이(1823~1906) 19세기 러시아 문학을 대표하는 세계적인 문호이자, 사상가다. 『안나 카레리나』 『전쟁과 평화』 『부활』 『참회록』 『예술이란 무엇인가』 등의 저서가 있다.

지식인이란 무엇일까? 말 그대로 지식을 많이 가지고 있는 사람일까? 아닐 것이다. 지금 시대엔 정보로서의 지식만 많이 가지고 있는 건 별로 의미가 없다. 중요한 것은 근본을 바꿀 수 있는 발상이다. 말하자면 그전까지 저마다의 분야에 존재하지 않았던 새로운 세계에 대한 나름대로의 구상이 서 있어야 한다는 것이다.

그런데 여러분이 그런 사람이 되기로 마음먹었다면 『벌거벗은 지식인들』을 반면교사로 삼아 읽어 본 뒤 다시 생각해 보기를.

이 책엔 서양에서 근대 지식인의 시조라고 일컬어지지만 자식을 고아원에 보내 버린 루소, 여성 해방의 시조라고 늘 들먹여지지만 사실

**어니스트 헤밍웨이
(1899~1961)**
퓰리처상과 노벨 문학상을
받은 미국의 소설가로, 문
명의 세계를 속임수로 여
기고 인간의 비극을 간결
한 문체로 표현했다. 종전
기자와 해외 특파원으로
일한 경험을 작품에 녹여
냈다. 『노인과 바다』 『누구
를 위하여 종은 울리나』 등
의 작품이 있다.

조지 오웰(1903~1950)
영국의 소설가로, 러시아
혁명과 스탈린의 배신을
바탕으로 한 정치 우화 『동
물농장』으로 명성을 얻었
다. 계급 의식을 풍자하고
정치적 글쓰기의 면모를
보여 주었다. 『파리와 런던
의 밑바닥 생활』 『1984』 등
의 작품이 있다.

은 인간이나 여성에 대한 이해가 전혀 없었던 입센, 자신은 사창가를 들락거리면서도 여성과의 교제는 사회악이라고 여겼던 톨스토이 등이 적나라하게 '거짓의 옷'을 벗고 있다. 그 밖에도 헤밍웨이*라든지 사르트르, 오웰* 등, 우리가 귀 따갑게 들어 알고 있는 인물들이 벌거벗겨져 있다.

지금 이 순간에도 도덕적으로, 혹은 인간적으로 약점이 많은 사람이 인류를 위한답시고 새로운 사상 체계를 세우거나 발명 같은 것을 할 수도 있을 것이다. 그러기에 그동안 인류 문명사에 영향을 끼친 사람들의 '속 생활'을 같이 살펴볼 필요가 있는 것이리라. 자칫 그러한 사람들에 의해 저질러져서 펼쳐질지도 모르는 '광기의 역사'를 경계할 필요가 있기 때문에.

아무튼 이 책의 결론은 그렇다. 소위 '위대한' 지식인이라고 하는 자들을 경계하라, 게다가 그들을 측은하게 여겨라, 하는 것이다. 사정이 이러한 걸 알면 '위대한' 지식인이 되기보단 '참' 지식인이 되어야 할 것이다. 물론 참지식인의 길은 결코 평탄하지 않다.

자전거를 타고
그리운 것들 쪽으로

어른이 타는 자전거는 두 바퀴로 구른다. 자전거가 세 바퀴이면 속도가 나지 않고, 한 바퀴이면 운전자가 안정되게 타기도 어렵거니와 두 바퀴보다 바퀴를 굴리기가 더 어려울 것이다. 그래서 세 바퀴 자전거는 아이들용으로나 유용하고, 한 바퀴 자전거는 곡마단에서나 활용되고 있다. 그만큼 일상적인 운송 수단은 아니라는 말이다.

두 바퀴 자전거는 당연히 길 위를 구른다. 그러나 혼자 구르지 않는다. 반드시 운전자를 등에 태우고서 구른다. 제법 무게가 나갈 것이다. 그러나 길 위를 구르는 한, 두 바퀴 자전거는 쓰러지지 않는다. 역설적으로, 두 바퀴 자전거는 쓰러지지 않기 위해서 계속 달리고 싶어 한다. 자전거는 멈추면 쓰러진다.

나는 어려서부터 두 바퀴 자전거의 등에 앉아 보고 싶었다. 그러나 우리 집엔 자전거가 없었다. 그래서 면 소재지 자전거포에서 그때 돈으로 5원 정도를 주고 한 시간씩 자전거를 빌려서 타곤 했다. 그렇기에 나중에 어른이 되면 반드시 내 자전거를 갖고 싶었던 건 너무나 당연한 바람이었으리라. 그러나 여태껏 나는 내 자전거를 가져 보지 못했다.

어른이 된 지금도 나는 내 자전거를 갖길 원한다. 나는 내 자전거를 타고서 길 위를 구르고 싶다. 자전거를 타면 왠지 세상의 모든 길을 가 볼 수 있을 것 같아서다.

수십 년 전 학교 후배 녀석 하나가 군대 갈 날을 받아 놓은 뒤 자전거를 타고서 한 달 동안 전국 여행을 했다며 종아리의 알통을 보여 주자, 내일이라도 당장 나도 자전거를 사야지, 하는 마음을 가졌다. 그러나 그뿐이다. 내가 처한 일상과 서울살이는 자전거 하나 마음 놓고 탈 수 있게 하지 않았다.

이번엔 제자 녀석 하나가 군대 가기 전에 자전거를 타고서 전국을 한 바퀴 돌고 왔노라는 보고를 했다. 다리에 알통이 단단히 뱄다고 했다. 나는 그 말을 듣자 다시 자전거를 사고 싶었다. 그러나 역시 마음뿐이었다. 나는 더욱 바빠졌고, 나이도 들어서 그 녀석처럼 자전거 여행을 해 볼 만한 자신감이 없었던 것이다.

나는 두 번에 걸쳐, 신상의 변화가 생기면 자전거를 타고 길을 떠나고 싶어 하는 젊은이를 보았다. 속으론 '젊음이란 저런 것이구나! 아, 젊은이란 다리에 알통이 배도록 두 발로 힘 있게 자전거 발판을 밟으며 길을 떠날 수 있는 사람이구나!'라고 생각했다.

늘 길을 떠나고 싶어 하면서도 나는 제자리에 머물러 있었다. 그러다 제목이 『자전거 여행』인 책을 만났다.

이 책의 지은이는 자전거에 몸을 싣고 1999년 가을부터 2000년 여름까지 전국을 누비고 다녔다. 그도 앞에서 말한 20대 젊은이들처럼 종아리에 알이 단단히 뱄을 것이다. 그에 비하면 나는 무려 열 살이나 어리다. 그렇다면 나도 아직 종아리에 알이 배는 자전거 여행의 꿈을 버리지 않아도 될까?

김훈의 글은 유려하다. 유려할 뿐만 아니라, 대상에 대한 살핌과 드러냄에 있어 상당히 치밀한 손길을 놀리고 있다는 것까지 느낄 수 있다. 그의 글은 유려한 글들이 흔히 범하기 쉬운, 적당한 감상과 얼버무림에서 벗어나 있다. 그건 아마도 그가 평생 언론계 밥을 먹고 살았기 때문인 것 같다. 그는 기자로서의 글쓰기는 무엇보다도 치밀한 구체성을 바탕으로 해야 한다는 사실을 잊지 않은 것 같다.

그는 그 나이에 왜 그런 힘든 일을 하지 않으면 안 되었을까? 길 위에 그리운 것들이 얼마나 많길래 자동차 시대에 자전거를 온몸으로 끌고서 다녔을까? 그는 자문한다. "자전거를 타고 저어 갈 때, 세상의 길들은 몸속으로 흘러들어온다. (중략) 땅 위의 모든 길을 다 갈 수 없고 땅 위의 모든 산맥을 다 넘을 수 없다 해도, 살아서 몸으로 바퀴를 굴려 나아가는 일은 복되다."

그가 자전거를 월부로 샀다는 걸 알고 적이 안심한다. 나도 더 늦기 전에 자전거 하나 사야겠다. 그보다 열 살 어리니까, 그만큼 월부 기간도 더 길게 해서 말이다.

슬픔의 평등한 얼굴

지하철을 탔다. 냉방이 잘 되어서 무척 시원했다. 사람들은 저마다 생각에 빠지기도 하고, 일행과 떠들기도 했다. 젊은 사람들은 휴대 전화를 열심히 걸거나 받았다. 그런데 그런 사람들 사이로 하얀 지팡이를 짚고서 단조 가락의 흘러간 옛 노래를 부르며 승객들 앞을 지나가는 부부가 있었다.

그 부부는 앞을 보지 못해 서로 손을 꼭 잡고 걸었다. 사람들은 저마다 그 부부를 보지 않기 위해 애써 외면했다. 그 부부는 누구도 쳐다보지 않았다. 물론 볼 수도 없었지만.

그런데 그 부부가 막 지나가자 금방까지 열심히 휴대 전화에 대고 떠들어 대던 젊은 여자 아이 하나가 전화기에 대고 말했다.

"아이, 재수 없어!"

정호승(1950~)
《한국일보》 신춘 문예로 등단했고, '반시' 동인을 결성했다. 암울한 분단 상황과 산업화, 소외된 사람들을 슬프고 따뜻한 시어로 표현한다. 『눈물이 나면 기차를 타라』 『외로우니까 사람이다』 등의 시집이 있다.

무슨 소린가 했다. 통화 내용을 귀 기울여 들었다. '재수 없다'라는 말을 하게 한 대상은 이제 막 지나간 맹인 부부였다. 그 순간, 나는 목이 뻣뻣해졌다. 너무나 큰 충격이었기 때문이다.

동냥은 주지 못할망정 쪽박은 깨지 말라고 했다. 그 부부가 동냥을 강요한 적은 없다. 그래서 한 푼 주기 싫으면 주지 않으면 그만이다. 그 부부가 쾌적한 지하철 안을 '불법'으로 지나가긴 했다. 물론 '불법'이라고 한 것은 공공장소에서 동냥을 하지 못하게 한 당국의 생각이다. 자신들의 신체 조건으론 동냥 말곤 할 게 없는데 당국은 그런 사람들에게 그걸 못하게 한다. 그렇다면 그런 사람들이 동냥을 하지 않고도 세상을 살아갈 수 있게 사회 복지가 잘되어 있어야 하는 것이 우선 순위가 아닐까?

사람들은 모두 그 부부를 바로 쳐다보려고조차 하지 않았다. 정말로 젊은 여자 아이의 말처럼 그 부부는 재수 없는 사람일까? 나는 자리에 앉아 있는 사람들의 얼굴을 하나씩 둘러보았다. 그리고 떠올렸다. 「슬픔이 기쁨에게」라는 정호승* 시인의 시를 말이다.

나는 이제 너에게도 슬픔을 주겠다
사랑보다 소중한 슬픔을 주겠다
겨울밤 거리에서 귤 몇 개 놓고
살아 온 추위와 떨고 있는 할머니에게

귤값을 깎으면서 기뻐하던 너를 위하여

나는 슬픔의 평등한 얼굴을 보여 주겠다.

　그렇다. 우리는 누구나 자신의 처지에서만 생각한다. 술 마시는 데는 흥청망청하면서도 시장에 가면 몇백 원의 콩나물 값이나 과일 값을 깎기 위해 그악스럽기 짝이 없다. 그리고 장애인들을 보면 우선 내가 장애인이 아니라는 것에 다행스러워하며 무관심하다. 아니, 무관심을 넘어 그들을 벌레 보듯이 한다. 보통 사람이 장애인을 비롯한 '사회적 약자'에 대해 갖는 무관심이나 우쭐해하는 마음은 이미 지나칠 정도다. 이래서 시인은 '슬픔의 평등한 얼굴'에 대해 '단조'의 슬픈 가락으로 노래했을 것이다. 시인은 보통 사람보다 먼저 '사회적 약자'의 슬픔을 느꼈던 것이리라.

　시 「슬픔이 기쁨에게」는 시집 『슬픔이 기쁨에게』에 들어 있다. 이 시집은 30년도 넘는 세월 저쪽에서 처음 나왔다. 그러나 지금도 절판되지 않고 서점에서 유통되고 있다. 아마도 슬픔의 평등한 얼굴을 그리는 독자들이 아직도 많이 있다는 뜻이리라.

　나는 집에 돌아오자마자 누런 속지의 시집을 꺼내 슬픔의 평등한 얼굴을 새겨 보았다. 그리고 바랐다. 슬픔조차도 평등하게 나눠 갖는 세상이 오기를 말이다.

나를 데려가 주오

언젠가 어느 기관의 요청에 따라 나에 대한 신상 명세서를 작성할 일이 있었다. 이러저러한 경력과 작품 제목들을 쓰고 나니 취미란이 남았다. 나는 그런 걸 작성할 때 으레 그렇듯이 취미란은 빈 칸으로 남겨 두었다. 그랬더니 나중에 담당 직원이 전화를 했다. 한 칸이라도 비워 두면 안 된다는 것이었다. 나는 별다른 취미가 없어서 그러니 그냥 두라고 했다. 그러나 그 직원은 막무가내로 이러저러한 '놀거리'를 예로 들며, 정 쓸 게 없으면 자신이 제시한 것 가운데에서 하나를 고르라고 했다. 하지만 남이 제시하는 걸 내 취미라고 할 수는 없었다. 그래서 나의 취미로 생각해 낸 게 '헌책방 돌아다니기'였다.

문학청년이던 때 나는 헌책방을 들락거리는 걸 유일한 즐거움으로 알았다. 지금도 틈만 나면 헌책방을 돌아다니지만 그때는 거의 매일

출근하다시피 했다. 지금이야 취미라고 하지만 그때는 거의 직업적이었다…….

헌책방에 가면 시기 지난 책을 싸게 살 수 있다. 게다가 새 책방에는 없는, 괜찮은 책을 살 수 있다. 물론 나이 먹은 책들이 내뿜는 냄새를 온몸으로 맡을 수도 있다. 나는 책들이 내뿜는 냄새가 좋다. 냄새 속엔 책들 저마다 나무일 때 지니고 있는 기억이 묻어 있다. 나무의 냄새들이 잉크와 어우러져 독특하게 내는 책의 냄새, 더욱이 나이를 먹을 대로 먹은 책들이 내는 묵은 냄새. 나는 그 냄새들을 사랑한다. 헌책의 냄새는 사람으로 치면 노인들한테서 나는 냄새일 수도 있다.

새 책은 이제 막 새 옷을 차려입고 화장을 한 젊은 여인의 자태라고 할 수 있다. 그에 비해 헌책은 남루한 옷차림에 화장기도 없고 그저 삶의 묵은내만 풍기는 노인의 몰골이다. 세상을 살자면 젊은 여인도 만나게 되고 노인도 만나게 된다. 그러나 인생의 지혜는 누가 더 지니고 있을까? 새 책과 헌책의 차이는 바로 그런 것이다. 아직 폐기 처분되지 않고 헌책방 한자리를 차지하고 있는 헌책, 헌책은 그래서 지혜의 보고다.

헌책방을 떠올리면 가슴 저린, 아련한 기억들이 있다. 서가에 꽂힌 이 책 저 책들을 살피다 보면 저마다 "나를 데려가 주오" 하는 듯한 눈길을 보낸다. 그러면 나는 그 책들의 눈길을 외면할 수 없어 '이 책은 이런 때 필요하겠고, 저 책은 저런 때 필요하겠군' 하며 양팔 가득 책을 안고 계산대로 간다. 그러다 보면 언제나 주머니의 돈이 모자라 외상을 달아 놓고 오게 된다. 주머니엔 싸구려 분식집 비빔밥 값은커녕 차비로 남긴 동전 몇 닢만 겨우 딸랑거릴 때가 많다. 그런 날 저녁엔 집에 돌아와 라면으로 저녁을 때워야 한다. 그러나 안고 온 책들을 보면 라면과 함께 먹은 신 김치의 트림이 전혀 거북스럽지 않았다. 평소 라면을 잘 안 먹는 사람이지만, 그런 때는 라면도 맛있기만 했다. 다 젊은 날 이야기다.

생물학적으로는 젊은 시절로 다시 돌아갈 수는 없다. 하지만 라면도 맛있게 먹을 수 있게 하던 헌책들! 가만히 떠올려 보는 것만으로도 웃음이 지어진다. 이래서 사람은 추억으로 산다는 말이 맞다. 인생의 부자는 재산이 많은 사람이 아니라 추억이 많은 사람이라는 말도 맞다. 물론 안 좋은 추억도 있다. 사고 싶지만 호주머니에 돈이 없어 책장을 펼쳐 보고 표지만 어루만지다 두고 온 책들. 다음에 갔을 때 제자리를 지키지 않고 누군가가 사 가 버린 책들. 그런 책들을 생각하면 속이 아리다.

조지 기싱(1857~1903)
영국의 소설가이자 수필가로, 중류 이하 빈민 계층의 삶을 사실적으로 그려 내며 유명해졌다. 지식인이 교양 때문에 빈민층에 안주하지 못하는 비극을 다루는 것이 특징이다. 그러나 후기에 비관주의로 기울어 고전적 교양의 세계를 동경했다. 『새벽의 노동자』 『신 삼류 문인의 거리』 등의 작품이 있다.

그런데 나 말고도, 나보다 딱 100년 전쯤 태어난 지구 저편 사람 하나도 책 때문에 날마다 속앓이를 한 사람이 있다. 가난한 서생은 양의 동서와 때의 고금을 불문하고 거의 같은 처지인가 보다.

영국 작가 기싱*을 아는지? 우리 또래가 고등학교 다닐 때 보던 영어 참고서와 대학의 교양 영어 책의 예문으로 많이 인용된 그의 수필. 그의 글 가운데 오랫동안 나의 뇌리에 남아 있는 것은 책을 사기 위해 먹는 걸 포기한 부분이다.

주머니엔 6펜스밖에 없는데 갖고 싶은 책값이 딱 6펜스였단다. 그 돈이면 한 접시의 고기와 야채를 사 먹을 수 있었단다. 그는 마음의 갈등 끝에 책을 사고 먹는 걸 포기했다. 그러면서도 책장을 넘기며 흡족해했단다. 흡족해하는 그 모습! 바로 앞에서 펼쳐지는 듯 눈에 선하다. 물론 이 이야기는 헨리 라이크로프트라는 가공 인물을 내세운 그의 수필에 들어 있는 것이지만, 누가 보아도 기싱 자신의 자전적 이야기라는 것임을 알 수 있다.

『기싱의 고백』이라는 책이 있다. 기싱의 글은 그동안 단편적으로만 소개되었다. (내 기억에 가장 최근에 소개된 것은 1980년대 말에 '인간사'라는 출판사에서 몇 부분 발췌해서 펴낸 것이다.) 이국적 분위기를 풍기는 전원적인 삶과 그 삶과 관련하여 통찰할 수 있는 삶의 내면, 사회의 병폐, 자아 성찰 등이 유려한 문체로 쓰여 있다.

오랜 세월 전의 이야기이지만 지금 당장 우리 시대의 이야기인 것처럼 절실한 것들을 말하고 있다. 그건 무엇보다도 사라져 가는 것들에 대한 애틋함과 인간의 근원적인 삶의 모습에 대해 계속 천착한 작가의 태도 덕분일 것이다.

6장

나와 우리를
이해하기

여기에 인물이 있도다!

그게 언제였을까? 어두침침하고 퀴퀴한 냄새가 온몸을 감싸안는 목조 교실 구석에 앉아 괴테*를 만나던 때가. 아마 초등학교 3학년 아니면 4학년이었을 것이다. 읍내 학교를 다니다가 새로 전학 간 면 소재지 학교의 간이 도서관 풍경으로 잡히는 걸 보니까. 아마 그날도 그랬을 것이다. 일찍 집에 가 보아야 들에 나가 일을 하거나 소 풀 뜯기러 가야 할 일진인지라 학교에 남아 뭉그적거렸을 것이다.

교실 한쪽에 겨우 책꽂이 몇 개 갖추어 놓은 보잘 것없는 시골 학교 도서관이었지만 어마어마하게도 '세계 위인 전집'인가 하는 것이 꽂혀 있었다. 표지도

> **요한 볼프강 폰 괴테 (1749~1832)**
> 독일 고전주의를 대표하는 시인이자, 소설가 극작가로 바이마르 공국의 재상을 역임하기도 했다. 다방면에 관심을 가지고 연구하여 지질학·광물학·식물학·해부학 등의 분야에서 여러 논문을 쓰기도 했다. 대표작으로 『파우스트』 『빌헬름 마이스터의 수업 시대』 『젊은 베르테르의 슬픔』 등이 있다.

너덜거리고 책장도 더러는 찢어진 상태였지만, 새로 전학 간 학교에서 내게 유일한 안식을 안겨 주는 건 바로 그 전집이었다. 전집엔 나폴레옹이니 베토벤이니 하는 서양 사람들 이야기가 들어 있었다. 아마 노벨도 들어 있었던 같고, 퀴리 부인은 확실히 들어 있었다. 바로 거기에 괴테도 있었다. 저 먼 나라 독일의 괴테가 대한민국 시골 학교 간이 도서관에까지 날아와 앉아 있을 까닭이 무엇인지는 잘 몰랐지만, 그가 바로 거기에 있었기에 내가 아는 최초의 외국 작가가 바로 괴테가 되었다.

내게 괴테가 건넨 첫 말은 "좀 더 빛을!"이었다. 책 뒷부분에 있는, 그가 세상을 뜨면서 마지막으로 했다는 그 말이 어린 마음에도 참으로 인상적이었다. 그 책에선 시중드는 이에게 창문을 열어 달라는 뜻으로 그렇게 말한 것으로 묘사되었던 것 같다. 그런데 나중에 보니 그 말은 괴테를 신비화하는 데 상당히 기여한, 아주 상징적인 말로 해석되고 있었다. 그야 어찌 되었든 그때부터 나는 괴테에게 붙들렸다. 아주 낯선 말인 김나지움이니 프랑크푸르트니 하는 말이 내 안에 들어앉았다.

그 책에는 괴테가 어머니로부터 동화나 옛 이야기를 듣기도 하고, 할머니가 사 준 인형극 상자를 가지고 노는 얘기도 나왔다. 그것까지는 그래도 괜찮았다. 우리 같은 대한민국 촌것들도 할머니나 어머니한테 옛날이야기를 전해 듣고, 삼촌들이 만들어 준 연이나 썰매 같은 것을 가지고 놀 정도는 되었으니까. 그런데 어린 나를 좌절하게 만든 건 괴테의 아버지가 별다른 벌이 없이도 여러 층짜리 집에 살 수 있고, 괴테의 외할아버지가 프랑크푸르트 시장이라는 것이었다. 계급적 충격! 게다가 괴테는 어려서부터 아버지한테 교육을 받고, 외국어도 몇 개씩

할 정도가 되었다 하니, 우리 같은 대한민국 촌것들은 감히 쳐다볼 수
도 없는, 그야말로 딴 세상 사람이었다. 그나마 다행인 점은 괴테가 태
어나던 날 하늘에서 별이 떨어지거나 용이 하늘로 올라가는 따위의
'조선적' 영웅 탄생담은 없다는 것 정도.

부러움에다 좌절감이 겹치는 묘한 감정 속에서도 나는 괴테에게 빨
려 들었다. 전쟁으로 인해 프랑스 군인이 괴테 집에도 들이닥쳐 머물렀
다는 이야기며, 방마다 특색 있게 꾸몄다는 이야기며, 괴테와 그 여동
생이 공부하던 방이며 골목을 내다볼 수 있는 조그만 창 이야기까지,

유신 시대

1972년 10월 17일 박정희 대통령이 전국에 비상계엄령을 선포하면서, 국회를 해산하고 정당 및 정치 활동을 중지시켰다. 국민의 기본권을 침해하고 대통령 1인 독재를 제도화하는 등의 내용이 포함된 유신 헌법이 통과된 1972년 11월부터 박정희 대통령이 암살된 1979년까지 10월까지를 유신 시대라고 한다.

어느 것 하나 나를 사로잡지 않는 게 없었다. 그래서 그랬을까? 대학에 들어가 제일 먼저 본 외국 작품이 『파우스트』였다. 대학 동기 가운데 남쪽 항구 출신으로 정감이 물씬 풍기는 친구가 있었다. 그는 '신기하게도' 『파우스트』에 나오는 대사를 늘 입에 달고 살았다. 그래서 『파우스트』를 보게 되었는데, 특히 "노력하는 한 방황한다"는 대사는 작품의 앞뒤 맥락 따질 것 없이 바로 그 말 자체만으로도 유신 시대*의 암울한 분위기를 견디며 앞으로 어떻게 살 것인지를 모색하며 몸부림치던 대학생에게 묘한 전율을 느끼게 했다.

이리하여 『빌헬름 마이스터의 수업 시대』니 『젊은 베르테르의 슬픔』이니 하는 괴테의 작품까지 손에 쥐었고, 어린 시절에 머릿속에 그린 괴테의 집은 이제 부러움 섞인 상상의 공간이 아니라 바로 이웃집이나 되듯이 친근한 공간이 되었다.

마침내 몇 해 전, 프랑크푸르트 도서전 행사에 참관할 기회가 있었다. 출판사에서 거기 갈 것을 권유하는 순간 몇십 년 세월을 훌쩍 뛰어넘어 바로 "아, 괴테!"였다. 당연히 가겠다고 했다. 순전히 괴테를 만나러 간 것이다. 주어진 일정을 얼추 소화하자마자 나는 혼자서 괴테 생가인 괴테하우스를 찾았다. 아, 세상에! 거기 괴테가 있었다. 더군다나 수십 년 전인 어린 시절에 책에서 읽고 머릿속에 자리 잡고 있던 괴테 집의 실내 공간 배치가 그대로 들어맞았다. 전쟁 때 폭격을 맞았다지만 4년에 걸쳐 거의 원형대로 복원했단다. 그래서였을까? 어머니가 쓰던 이른바 노란 방이며, 가족이 모여서 식사하던 파란 방, 아버지의 붉은 방에다, 괴테가 태어난 녹색 방까지 괴테 생전 시대의 모습을 보여 주는 것만 같았다.

여기서 『젊은 베르테르의 슬픔』을 쓰다니! 나는 이틀에 걸쳐 괴테하우스를 찾았다. 푸른 옷에 노란 조끼와 바지가 유행할 만큼 『젊은 베르테르의 슬픔』은 널리 읽혔고, 주인공처럼 자살하는 이도 속출했단다. 바로 그 문학적 공간에 내가 왔다. 나폴레옹도 그 작품을 일곱 번이나 읽고 나중에 둘이 만났을 때 괴테를 두고 "여기에 인물이 있도다!"라고 하지 않았다던가.

괴테는 르네상스의 마지막 거장다운 면모를 보여 준 시인이다. 문학을 위시하여 과학, 미술, 연극에 이르기까지 다재다능함을 보여 주면서 자기의 생을 '완전히 살아 버린' 사람이었다. 그래서 그를 두고 "인간 중의 인간"이라고까지 칭한다. 자신의 현재 자리에 머무르려 하지 않고 끊임없이 자신의 생을 앞으로 밀고 나가려 했다. 그러기에 『파우스트』의 마지막은 "영원히 여성적인 것이 우리를 이끌어 올리나니!"였을 것이다. 여성은 생산을 맡은 존재다. 괴테는 바로 자신의 온 존재를 던져 끊임없이 생산했다. 그는 그렇게 해서 마침내 자기 말대로 "죽어서 되었다."

첫사랑 연인을 나중에 만났을 때 대부분은 보지 않았어야 더 좋았을 것이라고 한다. 다행히도 괴테는 내게 실망을 안기지 않았다. 오래도록 내 기억 속의 한 공간을 차지하고 있던 모습 그대로였다. 오히려 어렴풋하던 그의 '언어'들이 좀 더 명징해졌다.

바람이 분다,
살아야겠다

"바람이 분다, 살아야겠다." 살기 힘들어 스스로 목숨을 끊었다는 어떤 기사를 보고 떠오른 구절이다. 정확한 번역은 "바람이 인다, 살려고 애써야겠다"라지만 애초에 많이 알려진 "바람이 분다, 살아야겠다"가 더 입에 달라붙는다. 익히 알려져 있다시피 프랑스 시인 발레리*의 「해변의 묘지」라는 시의 끝부분이다. 스스로 목숨을 끊을 정도라면 자신을 짓누르는 삶의 무게가 이만저만이 아니었을 것이다. 더더구나 남의 삶과 죽음을 두고 내가 이러쿵저러쿵할 처지는 아니다. 지금이야 달관한 듯이 살지만 내 삶의 무게도 만만치 않았으니까.

나는 힘들 때마다 가수 조용필의 노래 가운데 "웃고 있어도 눈물이 난다"라는 구절을 되새기는 버릇

> **폴 발레리(1871~1945)**
> 프랑스의 시인이자 비평가,
> 사상가로, 말라르메의 전통
> 을 확립하고 상징시의 정점
> 을 이루었다. 20세기 최고
> 의 산문가로도 꼽힌다. 「해
> 변의 묘지」 「말라르메를 만
> 나다」 등의 저서가 있다.

이 있다. 명색이 시인인 내가 내 시를 가지고 스스로를 위로하지 못하고 대중 가수의 노래 가사에서 위로를 받은 것이다. 신기하게도 "웃고 있어도 눈물이 난다"라고 몇 번 중얼거리고 나면 어느새 힘든 걸 털어버리게 된다. 역설적이게도 '그래, 갈 데까지 가 봐라, 내가 이기나 네가 이기나' 하는 심보가 생기는 것이다.

그러고 보니 최근 몇 해 사이에 목숨을 스스로 버린 이들이 꽤 많다. 우리나라의 자살률은 경제 협력 개발 기구◆ 가입 국가 가운데 가장 높단다.

스스로 목숨을 끊을 정도면 저마다 남다른 고뇌가 있긴 하겠지만, 그렇다 하더라도 자살의 이유가 정당화되지는 않는다. 특히 잇따른 연예인의 자살은 모방 자살까지 낳고 있다. 이를테면 '인기 높고 돈 많이 벌고 외모 잘난 사람도 죽는데 나 같은 인간이야……' 하는 심사가 드리워지는 것이다. 여기서 자살의 이유, 자살 방지 방법, 자살의 사회학적 의미를 따질 계제는 아니다. 다만 문학과 관련해 자살이나 죽음을 잠깐 생각해 보고자 할 뿐이다.

문학작품 속에서 자살 문제를 다룬 최초의 베스트셀러는 아마도 독일의 시인 괴테의 『젊은 베르테르의 슬픔』일 것이다. 이 작품은 18세기의 사회 여건에서도 엄청난 사회적 파장을 일으켰다. 다분히 괴테 자신의 자전적 이야기에다 주변 사람의 실화를 바탕으로 비극적인 사건을 감각적인 서간체로 썼으니, 당시 젊은이들이 매료되었을 만하다.

나폴레옹도 이 소설을 진중에까지 가지고 가서 읽었다 하고, 베르테르가 입었던 노란색 조끼에 파란

> 경제 협력 개발 기구
> 1961년에 창설된 국제 경제 협력 기구로 경제 성장, 개발 도상국 원조, 통상 확대를 주요 목적으로 한다. 우리나라는 1996년 회원국으로 가입했다.

색 윗도리가 유행했으며, 여자들은 로테처럼 사랑받기를 원했단다. 괴테
로선 이 소설로 문명을 떨치고 독일의 근대 소설의 문을 연 작품으로 여
겨지지만, 그런 문학적 성과 못지않게 파문도 많았다. 바로 로테와 사랑
을 이루지 못한 베르테르의 권총 자살로 인해 모방 자살이 유행한 것이
다. 그래서 이 소설은 사회의 비난과 함께 판매 금지 조치까지 내려졌다.

　　작가가 작품을 쓰다 보면 인물들의 자발적인 자살 때문
에 곤혹스러울 때가 있다. 나도 몇 차례 그런 경험을 했다. 작품을 쓰는
자는 작가이지만, 이야기를 들려주는 이는 작품 속의 인물들이다. 한
번 작품에 몰입하면 인물들의 뜻을 거역하기 힘들다. 이를테면 무당이
공수를 받아 굿판에 모인 사람들에게 전해 주는 것과 비슷하다고나
할까. 그때 무당이 제멋대로 지껄여 버리면 선무당이다. 큰무당이라면
반드시 자신에게 내린 공수만 전한다. 작가도 마찬가지다. 자신에게 들
려주는 인물의 말을 받아 적을 뿐이다. 나중에 작가가 그 인물을 통제
하며 이렇게 저렇게 말이나 상황을 바꾸어 놓으면 어색하기 짝이 없다.
그래서 몰입 상태에서 받아 적은 그대로 다시 되돌려 놓는다. 그러다
보니 나도 등장인물의 자살을 막지 못한 적이 몇 번 있다.
　개인적으론 작품 속에서 죽음을 다루는 걸 무척 꺼린다. 그렇다고
내 자신이 죽음을 두려워하는 건 아니다. 스스로는 죽음도 삶의 일부
라고 여긴다. 살 만큼 살고 가는 노인의 자연사일 경우는 그래도 괜찮
지만, 젊은 사람의 뜬금없는 사고나 병으로 인한 경우는 가능하다면
설정하고 싶지 않다. 물론 그게 내 맘대로 되지는 않는다는 게 문제라

면 문제다. 내가 그러는 건 아마도 무의식 속에 잠겨 있는 가까운 이들의 죽음 때문일 것이다. 학생 때는 5·18 광주 민주화 운동의 집단적인 죽음을 목격하기도 했고, 사회에 나와선 친구 여럿을 잃었다. 중학교 때 여러 가지로 앞서거니 뒤서거니 하며 애증이 많았던 친구도 죽었고, 고등학교 때 가장 절친했던 친구도 죽었고, 대학 때 서로 믿고 세상을 함께 논했던 친구도 죽고, 승가에서 만나 같이 공부했던 스님 친구도 죽고, 문단에 나와 가까이 지내던 시인 친구도 죽었다. 이러니 내가 죽음에 초연하지 않을 수 있고, 거꾸로 남의 죽음을 함부로 다룰 수 있겠는가!

내가 아는 후배 작가는 가족 하나가 일곱 시간에 걸친 대수술을 받은 뒤부턴 작품에 죽음 이야기는 절대 쓰지 못하겠노라 고백했다. 생사의 갈림길에서 애를 태우며 수술이 잘 끝나기를 기다리던 그 시간을 생각하면 아무리 작품 속이지만 인물을 함부로 죽일 수 없다는 게 이유였다. 일견 타당한 말이다. 그럼에도 그도 등장인물의 뜻을 아주 거부하지는 못하는 것 같았다.

아무튼 죽음은 이 세상에서 맺은 모든 것과의 단절을 의미한다. 더더구나 스스로 그 단절의 벽을 넘어가는 자살은 예나 지금이나 썩 호의적이지 않다. 그래서 고대 아테네의 철학자 소크라테스도 이런 말을 남겼을 것이다. "인간은 자기의 감옥 문을 두드릴 권리가 없는 수인(囚人)이다. 인간은 신이 부를 때까지 기다려야 하며 스스로 자신의 목숨을 빼앗아서는 안 된다." 그는 정치성 짙은 재판에 회부되어 독배를 마시고 죽었다. 도망갈 수 있었는데도 달아나지 않았다. 그는 그때를 신이 자신을 부른 때라고 여긴 것일까?

인생은 지나간다

문득 지나온 날을 생각해 보면 참으로 많이 살았다는 느낌이 든다. 이런 생각을 하는 건 우리 나이 또래가 살며 사랑했던 것(사랑하지는 않았더라도 가까이했던 것, 혹은 어쩔 수 없이 함께했던 것을 포함해서) 가운데 지금까지 남아 있는 것이 거의 없기 때문이다.

우리 또래의 앞 세대는 옛날 방식으로 젊은 시절을 보낸 뒤 노인이 될 때까지 그다지 변화가 없는 시대를 살았다. 우리 다음 세대는 이미 변화된 시대 속에서 태어나 자랐기 때문에 웬만한 변화는 변화로 느끼지도 않는다.

그런데 우리 또래는? 태어나기는 전근대적인 봉건 시대와 다름없는 시대에 태어나, 교육은 한글 교육을 받았다. 먹는 것은 어떠했고? 어린 시절엔 보리밥을 주식으로 한 뒤 미국이 잉여 농산물로 제공하는 밀가루나 옥수수가루를 부식으로 했다. 그런데 지금은? 쌀밥을 주식으로 한 뒤 가끔 빵이나 다른 먹을거리를 부식으로 한다. 우리 세대에게 보리밥은 향수 어린 주식이다. 그래서 그럴까. 토속 음식점이나 등산로 입구 밥집에선 보리밥을 판다. 사람들은 향수에 젖어 보리밥을 사 먹는다. 그때나 지금이나 보리밥보다는 쌀밥이 더 맛있고 먹기에도 편한데 말이다.

보리밥 얘기 하느라 잠깐 샛길로 샜지만, 내가 하고 싶은 이야기는 우리 세대는 먹는 것을 포함한 일상의 모든 면에서 너무나 많은 변화를 겪어서 우리가 산 나이 속에 100년을 응축해서 산 느낌이 든다는 것이다.

지금 이 글을 쓰고 있는 컴퓨터도 나로선 미처 생각하지 못한 것이다. 그렇다고 우리 아래 세대처럼 학교에서 컴퓨터를 배운 것도 아니다. 대학 다닐 때 EDPS(electronic data processing system, 전자 정보 처리 시스템) 어쩌고 하는 과목이 있기는 했지만 그 과목은 컴퓨터를 가지고 수업을 하는 게 아니었다. (1970년대의 대학에는 컴퓨터라는 게 없었다.) 그저 세계 최초의 컴퓨터는 웬만한 건물만 해서 트럭 몇 대를 합쳐 놓은 크기네, 어쩌네를 비롯하여 숫자 0과 1이 어쩌고저쩌고, 연산이니 회로니 하는, 들어도 모르고 보아도 모르는 말만 몇 번 되풀이하면 그만이었다. 어차피 가르치는 사람도 컴퓨터를 구경해 본 일이 없었으니까.

우리 또래인 작가 구효서*의 『인생은 지나간다』를 펼쳐 놓고서 이 밤을 보낸다. 물동이, 주전자, 시계, 책, 담배, 도시락, 주걱 등등 그가 기억의 저편에

구효서(1958~)
《중앙일보》 신춘문예로 등단했다. 토속적인 정서, 도시적 정서, 관념의 세계에 이르기까지 다양한 주제의 소설을 썼다. 『깡통따개가 없는 마을』, 『늪을 건너는 법』 등의 작품이 있다.

자리 잡고 있는 사물들을 끄집어내 놓고 혼자 중얼거리는 소리를 들어 본다. 지금은 사라진 것에 대한 애틋함도 있고, 문명화된 형태의 물건 들을 처음 만날 때의 당혹감도 그려져 있다.

그가 끄집어내 놓은 모든 사물에는 추억이 깃들어 있다. 책의 제목에서 풍기듯 그 추억을 통과해서 인생은 지나가는 것이니까. 인생이란 어찌 보면 하나하나의 추억을 시루떡처럼 켜켜로 쌓아 나가 는 것이 아닌가 하는 생각이 든다. 하지만 추억을 말해야 하는 나이는 이미 돌아갈 길이 막힌 나이 아닌가, 하는 생각에 어쩔 수 없이 가슴 한쪽에 스산하게 지나가는 바람을 느낀다.

추억을 말할라치면 소개할 책이 하나 더 있다. 중국 작가인 자핑아 오의 『흑백을 추억하다』라는 책이다. 작가는 이 책에서 지난 세월 동안 자신에게 어떤 식으로든 영향을 끼친 사람과 사물들에 대해 그윽한 목 소리로 들려준다. 특히 가족에 대한 그의 글은 압권이다. 하긴 누구보 다도 추억을 공유하고 있는 사람은 가족일 테니까.

책의 제목이 나타내듯 이 책의 내용 또한 지지리도 어려웠던 지난 시 절의 이야기다. 그러나 가난과 불행조차도 그의 붓끝에선 감동으로 살아 난다. 흑백으로 표상되는 지난 세월에 대한 감상을 더불어 느껴 보기를!

이 책은 특히 수필을 어떻게 써야 하는가에 대한 전범도 될 법하다. 대부분의 사람들이 수필은 붓 가는 대로 아무렇게나 쓰면 되는 줄 알 고 업수이 여긴다. 작가는 이 책을 통해 어떻게 수필을 써야 제대로 된 산문 정신을 발현시킬 수 있는지를 보여 주고 있다.

조화로운 삶의 완성

구제 금융 시대가 시작되자, 도시에 살던 많은 사람들이 귀농했다. 그러한 사람들을 위한 '귀농 학교'가 운영되기도 했다. 그러나 그때의 귀농은 대부분이 자발적인 것이 아니라 어쩔 수 없이 이루어진 경우가 많았다. 당연한 결과로 얼마 지나지 않아 대부분의 귀농자들이 시골에서의 삶에 적응하지 못하고 다시 도시로 나오고 말았다.

우리는 너무나 쉽게 "수 틀리면 시골에 가서 조용히 농사나 짓지"라고 말한다. 그러나 단 한 철이라도 농사를 지어 본 사람이라면 그렇게 함부로 말하지 않는다. 농사란 게 '수 틀리면' 아무 때나 치켜들고 쉽게 지을 수 있는 것이 아니기 때문이다.

나는 중학교 때까지 시골에서 농사를 지으며 학교를 다녔다. 지게질은 초등학교 때 이미 볏단 세 뭇을 질 정도였고, 손수레로는 바로 밑

동생과 함께 석 짐(서른 뭇)을 한꺼번에 실어 나를 정도였다. 학교 가기 전에 배추밭에 물 주고 닭장의 똥을 치우는 건 기본이었고, 학교 갔다 오면 철 따라 끊임없이 펼쳐지는 농삿일을 해야 했다. 그래서 어린 시절의 소원은 일요일날 비 오기를 바라는 것이었고, 틈만 나면 도회로 도망갈 기회를 엿보는 것이었다. 내 친구들은 중학생이 되기 전에 이미 여럿이 도회로 탈출하는 데 성공하기도 했다.

소위 농한기라고 하는 겨울 방학 때에도 일은 그치지 않았다. 아침 나절엔 뒷산에 올라 쓰러진 나무 밑동을 도끼로 패 오거나, 솔방울을 자루에 담아 땔감으로 비축해 놓아야 했다. 저녁 나절엔 새끼를 꼬거나 가마니를 짰다. 그리고 저녁엔 조선 시대 사람이나 마찬가지인 할아버지 앞에 앉아 헌 신문지나 비료 포대 속지 위에 붓글씨로 '천자문'과 고문을 쓰면서 외워야 했다.

지금도 어린 시절을 떠올리면 낭만이나 목가적 풍경이 아니라 그저 힘들었다는 기억이 우선이다. 그도 그럴 것이 상일꾼이 되기 위한 마지막 관문인 쟁기질만 빼놓고는 웬만한 농삿일을 다 몸으로 겪어야 했으니까. 그때의 흔적은 왼손의 새끼손가락과 그 옆 손가락에 손톱이 문드러질 정도의 흉으로 남아 있다. 하나는 초등학교 3학년 때 둠벙지기 논의 늦은 벼를 베다가, 또 하나는 4학년 때 이모작을 하는 논의 이른 보리를 베다가 시퍼런 낫에 베인 것이다. 지금 같으면 병원에 가서 열 바늘 이상 꿰맬 중상이었지만 그땐 내가 밟아서 패인 논바닥의 발자국에 내 자신이 싸서 고인 오줌물에 담가 소독한 뒤, 어머니의 옷고름으로

210

질끈 동여맨 게 전부였다. 그러고 나서 하늘을 쳐다보았을 때, 하늘은 시퍼랬다. 그때의 하늘 표정을 나는 아직도 잊지 못한다.

몸이 조금 더 실했으면 쟁기질까지 배울 참이었는데, 쟁기질만큼은 초보 수준에서 더 이상 진도를 나가지 못했다. 사실 내가 겪은 농삿일은 그래도 수월한 편이다. 워낙 몸이 부실한 데다, 집안의 대를 이을 큰손자로서 우대받은 덕이었다. 그러나 아무리 떠받들어졌다 해도 눈앞에 일을 두고선 뒷전에 물러나 있을 수 없는 게 농촌의 실정이다. 그래서 나는 지금도 농삿일을 쉽게 생각하는 사람을 보면 괜스레 부아가 치밀어 오른다.

아, 그런데 여기 시골 생활을 너무나 품위 있게 한, 아니 인생 자체를

스콧 니어링(1883~1983)
미국의 경제학자로 반사회주의, 반전, 친평화의 노선을 걸었다. 위험 분자로 낙인찍혀 교수와 공직을 박탈당했다. 자연의 삶으로 돌아가 단순한 삶을 살면서 타락한 인간성을 회복하려 했다.

헬렌 니어링(1904~1995)
음악을 전공하기 위해 유럽에 갔다가 철학자 크리슈나무르티와 교제하기도 했다. 스콧과 함께 농촌으로 돌아가 자연과 함께하는 삶을 실천했다.

품위 있게 살다 간 사람이 있다. 그는 우리나라 사람이 아니다. 미국의 스콧 니어링*과 헬렌 니어링*이다. 두 사람은 부부다. 그들은 마지못해 귀농한 것이 아니라, 자유로운 삶을 방해하고 인간을 옭아매는 모든 체제에서 벗어나기 위해 귀농한 것이다. 그래서 그들은 강제되는 삶이 아니라 스스로 존중하고 존중받는 삶을 택했다. 하루 중 네 시간은 육체적인 목숨을 위한 일을 하고, 네 시간은 정신의 목숨을 위한 일에 할애하고, 또 네 시간은 나 아닌 다른 목숨들과의 관계를 위해 썼다. 그들은 물질문명과 자본주의 경제 체제의 병폐를 스스로 치유할 수 있는 생활 방식을 택하여 살았다. 그들의 생활 방식에 대해 자세한 것은 『조화로운 삶』에 들어 있다. 자연과 더불어 사는 삶이 어떤 것인지, 인간의 존엄성을 어떻게 지켜야 하는지 등이 들어 있다. 이 부부의 삶의 원칙 중 집짐승을 기르지 않고 커피나 술을 마시지 않으며 채식을 한다거나, 먹고살 만큼 이상의 농산물을 만들지 않는다거나, 단순 소박하게 산다거나 하는 것들을 열거하는 건 사족이리라.

　남편 스콧 니어링은 만 100세가 되는 날 스스로 곡기를 끊고 그야말로 품위 있는 '몸 바꾸기'를 함으로써 조화로운 삶의 완성을 보여 주었다. 어느 고승 못지않은 삶의 자세였다. 이 부부의 삶에 대해 더 알기를 원하면 『아름다운 삶, 사랑 그리고 마무리』와 『스콧 니어링 자서전』을 보면 된다.

웃음? 웃음!

　요즘 세상을 보면 "소가 웃을 만한 일"이 많다. 세상이 다 '개판'이 된 것 같은 느낌이기 때문이다. 이렇게 말하면 소나 개가 화를 낼지도 모르겠다. 아무 데나 소나 개를 갖다 붙이지 말라면서! 물론 소는 웃는 일이 없다. 개도 웃지 않는다. 화가 나서 으르렁거리긴 하지만. 가끔 고사상에 놓인 돼지 머리가 웃는 표정을 짓는 것 같기는 하지만 그건 어디까지나 사람의 처지에서 그렇게 생각하는 것일 뿐이다. 그러고 보면 사람이라는 동물은 참 잔인하다. 죽은 돼지가 어떻게 웃을 수 있겠는가? 사람 같으면 웃으면서 죽고, 죽은 뒤 삶아진 상태에서도 웃을 수 있을까? 정말 '웃기는' 말이다.

　사실 수많은 동물 가운데에 웃음을 지을 수 있는 동물은 사람뿐이란다. 혹시 동물들도 자기네들끼리의 의사 표시의 하나로 웃는 모습이 있는데 인간이 이해하지 못할 뿐이라고 말하는 사람이 있을지 모르겠다. 그러나 지금까지 연구한 바에 따르면 다른 동물들은 안면 근육이 웃을 수 있게 발달되어 있지도 않을뿐더러 살아가는 데 웃음이 반드시 필수 불가결한 요소도 아니란다.

웃음이라는 것은 생리적이거나 본능적인 것이라기보다는 심리적이고 문화적이며 사회적인 것이라고 할 수 있다. 이 점에서 보면 인간 이외의 동물들에겐 웃음이라는 표현 수단이 자기네들이 생존하는 데 그다지 필요한 것이 아니라는 사실을 알 수 있다.

그렇다면 사람은 왜 웃을까? 지금까지 알려진 바로는 흔히 폭소를 터뜨릴 때처럼 즐거워서 웃고, 인사나 악수를 나눌 때 엷은 미소를 짓듯 연기로 웃고, 비정상적인 모습이나 자연스럽지 못한 상태를 보고 우스꽝스러워서 웃는단다. 간지러워서 웃는 건 일반적인 웃음에 포함되지 않는다. 그땐 외부의 자극에 대한 신체의 즉각적인 반사 행동에 지나지 않기 때문이다. 물론 아기들이 배냇짓으로 웃는 것도 마찬가지다. 이건 아기가 기뻐서 웃는다기보다는 건드려 주니까 그 자극에 대해 표정 근육을 움직이는 것으로 볼 수 있단다.

아무튼 웃음은 인간의 중요한 표현 수단 가운데 하나인데, 그에 비하면 그다지 많은 연구가 이루어지진 않았다. 예부터 웃음은 눈물을 동반하는 울음보다 덜 중요하게 여겨진 게 사실이다. 그러다 보니 철학자나 예술가들도 웃음을 동반하는 희극에 대해선 큰 관심을 기울이지 않았다. 이 점은 아리스토텔레스의 경우도 마찬가지다.

우선 아리스토텔레스가 『시학』*에서 정의한 비극과 희극에 대한 개념을 정리해 보자. 그는 "비극은 평균치 이상의 인물, 즉 영웅이라고 할 만한 인물이 세계의 모순과 맞서다 좌절해서 실패하거나 끝이 불행하게 되는 것이다. 이에 반해 희극은 평균치 이하의 인물, 즉 덜되었다고 할 만한 인물이 그의 수준에 맞게 어리석은 짓을 하는 이야기다"라고 했다. 노골적으로 말하자면, 웃음을 자아내는 짓을 하는 인간은 좀 모자란 인간이라는 것이다. 그래서 그랬는지 아리스토텔레스는 『시학』에서도 주로 비극을 다루고 희극은 살짝 짚고 지나가는 정도로 다루고 있다.

이와 달리 아예 처음부터 끝까지 웃음만 다룬 책이 있다. 베르그송*의 『웃음』이라는 책인데, '희극성의 의미에 관한 시론'이라는 부제에서 보듯이 책 전체를 통해 웃음과 희극적인 것의 의미를 묻고 있다.

이 책을 보면 웃음이란 게 만담이나 개그, 코미디의 차원에서만 단순히 운위될 성질이 아니라는 걸 알 수 있다. 또 1900년에 초판이 나온 책이 지금까지도 생명력을 잃지 않고 있는 걸 보면, 웃음에 대해 그만한 저작물이 없다는 역설이 성립되기도 한다.

『시학』
그리스 철학자 아리스토텔레스가 쓴 연극론으로, 현재 26장이 전해지고 있다. 대부분이 비극론에 관한 것으로 비극을 문학의 최고 형식으로 생각했다. 예술 활동은 인간의 모방 본능을 바탕으로 한다는 모방설을 주장한다. 현대에 이르기까지도 문학 이론의 고전으로 여겨진다.

앙리 베르그송(1859~1941)
프랑스의 철학자로 유심론의 전통을 계승하면서도 진화론의 영향을 받아 생명의 창조적 진화를 주장했다. 그의 학설은 문학, 예술, 철학에 큰 영향을 미쳤다. 『물질과 기억』 『도덕과 종교의 두 원천』 등의 저서가 있다.

어디에든 뿌리내려야 하는
목숨들의 슬픔

목숨은 슬프다. 너나 할 것 없이, 사람 짐승 할 것 없이, 생명을 갖고 태어난 목숨은 슬프다.

왜?

태어난 이상 살아야 하니까.

살아가는 일은 자기의 뜻대로만 되지 않는다. 그래서 목숨 가진 것은, 그 가운데에서도 특히 사람은 이 세상에 태어난 것 자체만으로도 슬픈 존재다. 문학은 그렇게 '슬픈 목숨'들이 살아가는 모습을 그려 내는 일이다. 살아가는 일에 아무런 문제가 없다면 문학은 애초에 생겨나지도 않았을 것이다. 문학은 태생적으로 '문제적일 수밖에 없는, 그래서 슬플 수밖에 없는' 인간의 삶을 그려 내는 일이다. 그려 내되, 그만의 틀에 맞추어 작가 특유의 입담과 색깔을 써서 그려 낸다.

여기, 목숨들의 슬픔을 그려 낸 이야기가 있다. 수백, 아니 수천 년 동안 뿌리박혀 있던 땅에서 벗어나 전혀 낯선 곳에서 뿌리내리기를 한 목숨들의 이야기다. 목숨들은 어디에든 민들레 꽃씨처럼 바람에 날려 가 떨어지면 바로 그 자리에서 또 뿌리를 내리고 싹을 틔워야 한다. 그게 목숨의 본질이다. 목숨은 결코 목숨을 포기하지 않는다! 그래서 목숨은 슬프다. 아무리 어려운 상황이라도, 포기해 버리는 게 더 쉬운데도 포기해 버리지 못하고 어떻게든 살아야 하니까. 그러기에 목숨에서 또 목숨이 나온다. 물론 그 목숨도 또 슬프다…….

『바이바이』는 일본에 사는 동포 작가 이경자가 일본말로 쓴 작품이다. 그래서 엄밀하게 따지자면 한국 문학이 아니다. 그러나 작품의 소재는 물론이고 등장인물이 거의 '조선인'이며 작품 속에 흐르는 작가의 의식 또한 '조선적'인 것이라서 넓은 테두리로 보면 한국 문학이라고도 할 수 있다.

작품의 시대 배경은 1960년대다. 그리고 공간 배경은 일본이다. 작품의 배경이 이렇게 된 까닭은 한국과 일본 사이의 특수한 역사 때문이다. 일본의 불법적인 조선 지배에 따라 여러 형태로 일본에 가서 살게 된 조선인들이 해방이 되었는데도 고국으로 돌아오지 못하고 그대로 눌러살았기 때문이다. 그래서 거기서 억지로 뿌리내리며 자식 낳고 살다 보니 그렇게 된 것이다. 작가는 바로 그렇게 고국으로 돌아가지 못한 조선인을 부모로 두고 있다. 1960년대는 작가의 성장기, 즉 작가의 10대 때다.

동포들이 고국으로 돌아오지 못한 건 물론 일본 탓이다. 일본은 자기

네들이 저지른 짓을 참회하기는커녕 되레 재일 조선인들에게 불이익을 주며 차별했다. 작가는 한창 예민한 시기인 10대 소녀 때 자기 삶의 주변에서 일어났던 일들을 담담하게, 그러나 강렬하게 그리고 있다.

이런 종류의 작품은 자칫 등장인물들의 상황을 장황하게 설명하거나 군데군데 작가의 목소리가 끼어들 염려가 있는데, 이 작가는 끝까지 차분함을 잃지 않으며 흥분하는 모습을 보이지 않는다. 있는 그대로, 사는 그대로의 모습을 나직나직한 목소리로 들려줄 뿐이다. 이 점이 바로 이 작품의 가장 큰 미덕이다.

이 작품을 쓴 작가는 이야기를 다루는 방법을 알고 있다. 먼저 끊을 자리에선 과감하게 끊음으로써, 군말을 하지 않음으로써 오히려 더 큰 울림을 주며 이야기의 속도감을 높이고 있다. 또 애써 슬픔을 자아내게 하지 않음으로써, 되레 건조한 문장을 배치함으로써 더 큰 울음을 울게 한다. 이러한 작품에서 작가가 자칫 감상에 빠져 버리면 특정 인물의 편에 서서 하염없는 넋두리를 늘어놓을 수 있는데, 이 작품은 참으로 절묘하게 절제가 잘되어 있다. 일본어 원문도 그러한지 모르지만 번역문을 보면 그렇다. 일반적으로 번역문이 주는 느낌도 원문에서 그다지 벗어나지 않는다는 걸 생각하면 원문도 그러하리라 여겨진다. 나아가 이 작가는 자기가 쓰지 않으면 배길 수 없는 이야기를 작품으로 썼다. 그래서 문장 하나하나에 진실성이 담겨 있다. 작가는 쓰지 않으면 견딜 수 없는 이야기, 꼭 쓰고 싶은 이야기를 쓸 때 가장 행복하다. 그러한 때는 군이 작가가 많이 끼어들 필요가 없기 때문이다.

그러한 작품은 인물들이 저마다 알아서 이야기를 끌고 간다. 작가는 인물들 사이에 서서 팔짱을 끼고 바라만 보면 된다. 혹시라도 흐트러진 자세를 보이는 인물이 있으면 살짝 건드려 주기 위해서.

작품을 다 읽고 났을 때 아쉬운 건 계속 이어지는 이야기가 자칫 서로 매끄럽지 않은 삽화의 연결 같은 느낌을 줄 수 있다는 점이었다. 화자의 눈에 비친 일을 통해 화자의 심리적 상태는 드러나지만, 앞이야기와 뒷이야기 사이에 관련성이 옅은 경우가 있어 보이기도 한 것이다. 물론 작품 속에 빠져 있을 때는 이러한 느낌이 곧바로 들지 않는다. 화자의 눈길을 따라가다 보면 금세 앞일이 잊혀지고 뒷일이 궁금해지므로.

바이바이! 그렇게 떠난 목숨은 또 어디에서 자신의 목숨을 살아 냈을까? 작가는 군이 알려 주지 않았다. 그래서 한참 동안 마지막 장을 덮을 수 없었다.

특유의 입담으로 빚어낸
새로운 아이들

　　노경실의 동화나 소설엔 묘사도 대사도 막힘이 없다. 그래서 군더더기 없이 술술 잘 읽힌다. 노경실은 현재 활동 중인 어린이 청소년 작가 가운데에 경쾌할 정도로 가장 속도감 있는 문장을 구사하는 작가일 것이다. 그러나 그렇다고 해서 그의 작품이 결코 가벼운 적은 없다. 그의 작품은 어느 작품을 보더라도 삶의 무게에 짓눌린 사람들의 이야기를 다루고 있다고 해도 지나친 말이 아니다. 그래서 어떤 점에서 보면 노경실은 무거운 내용을 동화나 소설의 소재로 즐겨 다루는 작가라고 할 수 있다. 그런데도 그의 작품을 읽는 동안 노경실의 작품이 무겁게 느껴지지 않는 건 그가 구사하는 그만의 문장 덕분이다.

　이 책에서 나는 노경실의 작품에 대해 두 가지를 이야기했다. 그가 즐겨 다루는 소재와 그의 문장. 노경실은 그의 작품집 머리말에서 늘

밝혔듯이 어린 시절을 어렵게 보냈다. 그의 작품집 머리말에 가장 많이 나오는 말은 아마도 수제비와 가족일 것이다. 그렇다. 그는 어린 시절을 떠올리면 제대로 된 밥상보다는 밀가루로 만든 수제비를 더 많이 먹고 산 기억이 먼저다. 그나마 배불리 먹지도 못했다.

당연히 수제비는 그의 가족 관계를 이해하는 데 중요한 실마리가 된다. 형제 많은 집의 식사 풍경. 한숨과 눈물이 고기나 감자보다 더 많이 들어간 수제비국을 앞에 놓고 주린 배를 채우기 위해 자리다툼을 하는 아이들이 보이는가? 노경실의 모든 이야기는 거기에서 출발한다. 어느 작가든 자기가 살아온 삶의 배경에서 자유로울 수 없다. 노경실 역시 마찬가지다. 그래서 그는 삶의 무게에 짓눌린 이들의 이야기를 즐겨 쓴다. 왜? 자기 이야기이니까. 그는 결코 알지 못하는 이야기를 쓰지 않는다. 그렇다고 살아온 날들을 애써 미화하지도 않는다. 그는 자기가 산 만큼을 이야기로 쓴다. 그래서 그의 동화와 소설에는 삶의 진실이 들어 있다.

이어 그는 이야기 다루는 법을 알고 있는 작가다. 그래서 자칫 칙칙하고 어둡게 느껴질 수도 있는 이야기를 특유의 입담에 실어 거침없이 쏟아 내놓는다. 그가 아무렇지도 않은 척하며 거침없이 그려 가는 그만의 문장은 사실 그의 글쓰기 전략인지도 모른다. 삶의 어두움이 그려내는 그늘의 크기만큼, 꼭 그만큼의 크기로 밝음을 지향하는 그의 문장. 그래서 그의 작품을 읽다 보면 쓸쓸한 이야기조차 아무렇지 않게 느껴진다. 그러나 다 읽고 나면 더 큰 아픔이 가슴을 후벼 판다. 웃음 속에 살짝 감추어 둔 아픔. 그는 그 아픔을 차마 바로 드러낼 수 없어서 애써 발랄한 표정의 웃음을 보여 주는 것이다. 그리하여 어찌할 수 없이 흘러간 유행가 가사의 한 토막이 떠오른다. "웃고 있어도 눈물이 난다"라고 하던.

웃음 속에 감추어진 삶의 고달픔. 어린이 청소년 작가로서 노경실은 그걸 얘기하고 싶어 한다. 그러나 결코 강요하거나 뭐가 더 낫고 못하다고 나누지도 않는다. 그저 어린 독자들한테도 삶은 이러한 것이다고 보여 줄 뿐이다. 어차피 그들도 언젠가는 어른이 되어 세상을 이해하고 세상을 껴안고 살아가야 하니까.

노경실은 동화를 쓰기 시작한 이래 줄기차게 나와 이웃의 관계를 놓친 적이 없고, 가족의 문제를 외면한 적이 없다. 『새벽을 여는 아이들』역시 그의 그러한 시선이 담겨 있는 작품이다. 아울러 넓게 보면 작가의 대표작이라 할 수 있는 『상계동 아이들』이나 『복실이네 가족사진』들과 맥을 같이하는 작품이기도 하다. 다만 이번엔 환경이 다른 집안 아이들을 동시에 보여 주고 있을 뿐이다.

이미 말했듯이 이 작품에는 사는 환경이 서로 다른 아이들의 모습이 나온다. 어찌 보면 너무나 사는 방식이 달라 같이 어울릴 수 없는 아이들이 아닐까 하는 생각도 든다. 그러나 작가는 기어코 어울리지 않는 관계를 어울리게 만든다. 대단한 솜씨다. 신문 배달, 교통사고, 뺑소니 등의 삽화가 내비칠 땐 그저 흔한 이야기가 아닐까 하는 생각이 든다. 그러나 이야기는 반전하여 교통사고를 내고 뺑소니친 범인이 새 친구의 아버지라는 걸 드러나게 하고 마침내 법의 심판까지 받게 한다. 물론 이 과정에서 덜 우연하게 사건이 해결되고 아이들의 고민도 더 드러났으면 좋았을 것이다. 그러나 작가는 그러한 것보다는 아이들이 사는 방식을 더 보여 주고 싶어 한 것 같다. 있는 집안의 아이든 없는 집안의 아이든 아이들이 어떻게 서로 함께하는지, 이 작품은 거기에 초점이 더 맞추어져 있다. 그리하여 마침내 아이들만이 가질 수 있는 따뜻함을 보여 주며 이야기의 끝을 맺는다.

이러한 이야기의 경우 자칫 어른 같은 아이, 혹은 어른의 뜻이 덧씌워진 아이가 될 염려도 없지 않은데, 작가는 능숙하게 이야기를 잘 버무림으로써 새로운 아이들을 탄생시켰다. 『상계동 아이들』과 『복실이네 가족사진』에 나오는 아이들과는 또 다른 성격을 보여 주는 아이들로 말이다. 수제비국에서 출발한 노경실의 동화는 끝내 환한 새벽을 여는 아이들을 보여 주고 싶은 데까지 이르렀다고 할 수 있다. 동화작가 노경실에게는 언제나 어두움을 털고 일어나는 아이들이 가장 큰 희망이니까.

다시 읽어야 할 함석헌

함석헌*을 읽는다. 우리에게 함석헌은 '읽기'의 대상이다. 그러나 함석헌은 결코 쉽게 읽혀지지 않는다. 그의 문장이 난해해서도 아니고, 그의 사상이 복잡해서도 아니고, 그의 인간됨이 신비스러워서도 아니다.

그는 한마디로 무어라 규정되지 않기에 그를 읽기가 쉽지 않은 것이다. 하나의 무엇으로 규정되지 않는 사람. 함석헌은 그런 사람이다. 교육자인가 하면 종교가이고, 종교가인가 하면 언론가이고, 언론가인가 하면 사회 운동가이고, 사회 운동가인가 하면 철학가이고, 철학가인가 하면 시인이고, 시인인가 하면 사상가다. 도대체 그는 하나의 무엇으로 잡히지 않는다. 그렇기에 우리 같은 보통 사람이

> **함석헌(1901~1989)**
> 민권운동가이자 문필가, 사상가다. 명동 사건 등으로 재판에 회부되며 탄압받았다. 폭력에 대한 거부, 권위에 대한 저항 등 평생 항일, 반독재에 앞장섰다.

224

그를 읽어 내기가 쉽지 않은 것이다.

그러나 우리는 모였다. 혼자 어려우면 둘이, 둘이 어려우면 셋이서 해 보기 위해서였다. 오래전인 1994년 7월에 우리는 첫 모임을 가졌다. 20대에서부터 50대에 이르기까지 여러 분야의 사람들이 모였다. 그때 모인 사람들은 저마다 함석헌에 대해 '외경심'을 지니고 있었다. 각자 지니고 있는 그 외경심이 바탕이 되어 한 달에 한 번씩 정기 모임을 갖기로 쉽게 뜻을 모았다.

그렇게 해서 '함석헌사상연구회'는 탄생했다. 그러나 모임의 명칭만큼 거창하게 무엇에 대해 '연구'를 하는 것은 아니다. 이 모임에선 무엇보다도 함석헌 전집 20권을 다 읽어 보기로 했기 때문에 독본을 가지고 한 줄 한 줄, 아니 한 자 한 자 빼놓지 않고 읽는 것을 최우선으로 하고 있다. 바쁜 사정이 있어 못 나오는 사람이 있어도 최소한 두 사람만 나왔으면 읽기는 계속되었다. 그렇게 한 10년쯤 한 달도 거르지 않고, 또 한 자도 빼지 않고 독본을 읽어 나가다 보면 비로소 함석헌을 읽어 낼 수 있으리라는 생각에서였다.

함석헌, 그가 태어난 해는 공교롭게도 1901년이다. 그래서 그의 생애는 20세기 초부터 시작해 줄곧 조국의 변화와 같이한다. 20세기의 간단치 않은 이 땅의 현실은 곧바로 함석헌의 삶에도 그대로 스며들 수밖에 없었다. 그가 한평생 들사람으로 들사람 일을 주장하고 구현하고자 한 것은 바로 이 땅의 현실과도 결코 무관하지 않을 것이다. 그는 그가 있어야 할 자리, 그가 해야 할 일을 누구보다 잘 알았기에 들사람이 되지 않을 수 없었고, 들사람 일을 구체적 모습으로 드러내는 일을 하

자유야말로
생명의 근본 바탕이다.

지 않을 수 없었을 것이다.

함석헌은 여러 모습으로 이야기된다. 그러나 다시 말하건대, 함석헌은 기본적으로는 들사람이다. 그가 종교가이면서도 어느 한 울타리에 갇힌 성직자가 아니고 동양의 노장 사상에서 서양의 기독교에 이르기까지 두루 막힘없는 모습을 보여 주듯, 특정한 교단의 종교가가 아니다. 하지만 그는 분명 종교가다. 또 그가 교육자의 모습을 보여 주고 있지만 기성 교육 제도의 틀에서 보면 결코 교육자가 아니다. 그러나 그는 역시 교육자다. 그뿐인가. 그를 역사가라고 하기도 하지만 그는 결코 연대기 위주의 어려운 역사 논문을 쓴 적도 없고, 그런 논문을 해당 학회에 발표한 적도 없다. 그래서 엄밀한 의미에서 보면 '권위 있는' 역사가는 아니다. 그러나 그는 누구도 부인할 수 없는 역사가다.

왜 그런가? 그는 기존의 제도, 기존의 고정 관념 속에 자신을 묶어 두려 하지 않고 언제나 들사람으로 살기만을 고집했기 때문이다. 들사람으로 살아야 들사람 얼을 볼 수 있고, 누릴 수 있고, 그릴 수 있기 때문이었다. 그는 들사람 얼이 있어야 이 세상 모든 것이 참되리라 여겼다. 물론 참된 것은 곧 진리다.

들사람 얼, 함석헌은 이를 위해 90 평생을 살았다고 해도 지나친 말이 아닐 것이다. 종교를 가졌지만 종교가가 아니고, 가르침을 베풀었지만 교육자가 아니고, 역사를 풀어내고 이야기했지만 역사가가 아니면서, 또 종교가이고 교육자이고 역사가인 것은 그가 들사람으로 살았고 들사람 일을 무엇보다도 위에 두었기 때문에 가능했다.

중국에 가면 루쉰[◆]이 있고, 영국에 가면 토인비[◆]가 있고, 인도에 가면 간디가 있고, 러시아에 가면 톨스토이가 있고, 미국에 가면 소로[◆]가 있고, 일본에 가면 우치무라[◆]가 있다. 그리고 한국에 오면 함석헌이 있다. 그러나 함석헌은 한국의 루쉰, 한국의 토인비, 한국의 간디, 한국의 톨스토이, 한국의 소로, 한국의 우치무라가 아니다.

함석헌은 어쩌면 그들 모두를 합해 놓은 인물인지도 모른다. 하지만 단순히 산술적 합이 아니다. 그들이 지닌 각각의 장점과 특기와 사상을 함석헌이라는 들사람 속에 녹여서 지니고 있는 것이다.

함석헌은 동서양을 넘나드는 사상과 철학과 문장을 지녔다. 그러나 그것뿐이었다면 그는 재주 있는 사람으로 천수를 누린 노인네로밖에 기억되지 않을 것이다. 그는 무엇보다도 자신이 나고 자라서 묻힐 이 땅의 고난에 대해 누구보다 염려하고 고민하고 해결 방안을 모색했다. 그러나 그 방안이 과격하지 않고, 그 방안이 부박하지 않고, 그 방안이 즉흥적인 것이 아니었다.

함석헌은 한평생을 고민하고 사색하고 실천했다. 그래서 그러한 결과로 20여 권에 달하는 저작물을 남겼다. 때로 그의 글에 대해 논리적이지 못한 낭만적 감상이니 하며 폄하하려는 시각을 가진 사람들의 의견도 있다.

하지만 그러한 말을 듣는 것은 함석헌이 서재에만 틀어박혀 많은 참고 도서를 들춘 뒤 남의 말을 정연하게 엮어서 글을 쓰지 않았기 때문이리라. 함석헌은 책을 보고 글을 쓴 것이 아니었다. 그는 깊은 사색의 결과로 나온 것을 직관적으로 썼고, 또 청중을 앞에 두고 말하듯이 입말 투로 썼다. 그래서 함석헌의 글은 학자들이 쓴 글처럼 기호 풀이가 아니다. 자신이 생각한 것만을, 자신이 아는 것만을 자신만의 문장으로 휘갈겨 놓는다. 그렇게 휘갈겨 놓은 글이기에 가끔은 억지 논리가 있는 것처럼 여겨질 수도 있다.

하지만 그의 직관은 사소한 논리를 넘어서기에 그의 글은 전체적으로 보면 오히려 설득력을 얻는다. 간혹 그의 사색의 날개가 우주와 동서고금을 종횡으로 날다 보면, 그의 글도 낭만주의 풍으로 흐르는 경향이 있는 것도 사실이다. 그렇다고 해서 그의 글에서 허무주의나 패배주의의 냄새가 나는 일은 없다.

그의 글의 가장 큰 특징은 바로 앞에 사람을 앉혀 놓고 말하는 것처럼 쓰는 입말 투라는 것과 순우리말을 자유자재로 부린다는 것이다. 그래서 그러한 것이 어려운 문장에 중독된 지식인에겐 오히려 낯설고 부담스러운 일일지도 모른다.

이 짧은 글에서 함석헌을 다 말하기란 매우 어려운 일이다. 앞에서도 말했듯이 아직 함석헌을 제대로 '읽어 내지도' 못했다. 그러기에 함석헌에 대해 필자가 뭐라고 이야기하는 것은 어쩌면 장님이 코끼리 만져 본 정도도 되지 않는다. 그래서 지금 우리의 현실과 관련된 함석헌의 글을 잠깐 들춰 보는 것으로 필자의 얕은 지식을 감춰야겠다.

죄인을 모조리 잡아 혁명 재판에 부치고 나를 바로잡고 사회를 깨끗이 했거니 하는 마음은 풀을 낫으로 베고 다 됐거니 하는 것과 같이 어리석은 마음이다.

혁명이 매양 풀 베는 낫같이 분주하면서 기실 한 일이 없이 실패하고 마는 것은 보복주의·숙청주의·독선주의, 결과 어서 보자는 강제 획일주의 때문이다. 혁명은 돌을 다루는 것 아니라 자유 있는, 자존심 있는 인간을 다루는 것이요, 풀을 베는 것이 아니라 인심의 깊은 데서 나오는 죄를 베는 것이 아니라 뽑는 것이다. 그리고 정말 뿌리를 뽑으려 해보라. 그 뿌리가 땅속에서 한데 얽힌 것을 발견할 것이다. 나를 내놓고 어떻게 죄 처분을 하느냐? 그리고 죄 처분을 못하고 누구를 상 주며 누구를 벌 주고 무슨 제도를 새로 지으며 어떤 인물을 쓰느냐?

그러므로 혁명은 반드시 책임감을 느끼고 역사적 죄악을 제 몸에서 아프게 슬프게 회개를 해서만 새 역사를 지을 감격과 지혜가 나온다. 회개 아니한 민족 가지고 아무것도 못한다.

함석헌, 『인간 혁명』 중에서

지금 입 있는 자는 누구든 개혁을 떠든다. 하지만 개혁을 말하는 자는 우선 함석헌을 읽으라. 함석헌은 실패하지 않을 개혁을 일러 주리라. 조용히, 그러나 단호하게!

필자 개인적으로 함석헌의 함자를 안 것은 초등학교 때의 일이었다. 아버지 서가에 꽂혀 있던 여러 책 중 함석헌의 『뜻으로 본 한국 역사』에서 한글로 된 부분인 '뜻으로 본'과 최현배*의 『우리말본』이 늘 눈에 띄었다. 그래서 서가의 책 중 한글 제목을 단 두 책을 지금도 또렷하게 기억하고 있고, 그때 그 책의 저자들 함자도 알게 된 것이다.

최현배(1894~1970)
국어학자이자 독립 운동가로 서당에서 한학을 공부하고 신식 교육을 받았다. 국어 문법의 체계를 확립하고 한글 운동을 실천했다.

그런저런 인연이 있었음에도 불구하고 함석헌의 저작물 중 『뜻으로 본 한국 역사』 말고는 깊이 읽어 볼 기회가 없었다. 그러던 차에 출판계 및 문단의 몇몇 사람, 그리고 함 선생님 생전에 노장 강의까지 직접 들을 정도로 공부가 깊었던 분까지 만날 인연이 있어 다짜고짜 '함석헌 읽기 모임'을 시작했다. 일단 저작물을 다 읽고 나야 비로소 함석헌을 뛰어넘을 수도 있겠어서……

7장

소통하는
도서관

저마다 도서관이 되자!

이 땅에서 50년을 넘게 살았다. 어쩌면 산 게 아니라 견뎌 냈는지도 모른다. 살았든 견뎌 냈든, 한 많고 탈 많은 한반도에서 50년씩이나 버텨 냈으니 내 목숨도 꽤나 질기다 할 만하다. 그런데 올해엔 질긴 나도 모든 걸 내려놓아 버리고 싶은 유혹을 자주 느꼈다. 왜? 숨이 막혀서!

봄부터 여름까지 간에 울화가 쌓이는 일이 많았다. 그러다 여름에 이르러선 턱밑까지 숨이 콱 막히는 호흡 곤란증을 겪어야 했다. 왜 그랬을까? 내가 다혈질이어서? 아니다. 남에게 물어볼 것도 없이 스스로 생각해 봐도 다혈질은 아니다. 그럼 너무 예민해서? 예민하긴 하다. 그래서 그 예민한 촉수로 시 밭을 가꾸고 소설의 강을 헤엄치기도 한다. 그러나 호흡 곤란증을 겪은 건 딱히 내가 예민해서만은 아니다. 나 말고도 숨이 막힌다는 사람을 여럿 보았기 때문이다. 그럼 뭣 때문에? 바로 말할작시면, 말 같지 않은 말이 세상에 넘쳐나 분통이 터졌기 때문이다. 특히 올해는 요상스런 일이 벌어질 때마다 따라붙는 위정자들의 언구럭스런 말들이 많았다. 기본적으로 정치꾼들의 말은 일반 국민들의 말과는 달랐다. 그러니 소통은 생각도 못할 일! 소통이 안 되는 말을 소위 언론인들은 잘 알아듣는 모양이었다. 그러지 않고서야 정치꾼들의 말에 박수를 치겠는가?

익히 알다시피, 말이란 것은 기본적으로 의사소통의 도구다. 그런데 올해 위정자들이 쏟아 낸 말들은 한국어이긴 한데 특정 계층들만 쓰는 말이어서 도무지 알아들을 수 없는, 말이 안 되는 말들뿐이었다. 말이 문학적 기능은 고사하고 의사소통 기능조차 갖추지 못했기 때문이다. 명색이 작가인 내가 못 알아듣는 말이 많은 까닭에 스스로가 한심하게까지 여겨졌다. 그래서 이젠 글 쓰며 사는 일도 그만둘까 하는, '더욱 한심한' 생각까지 들었다. 이런 사회에서 숨 쉬고 사는 게 부질없다고 여겨졌기 때문이다.

말의 가장 기본적인 기능인 의사소통을 무시한 위정자들의 말. 그들 때문에 마침내 말이 어지럽다 못해 혼란스러워져 버렸다. 그들의 말을 알아들을 수 없는 자괴감! 그럼 어찌해야 하나? 정말로 숨 쉬기를 멈춰 버려야 하나? 아니 될 일이다. 누구 좋으라고 숨 쉬기를 멈추나? 되레 그들에 맞서 말을 제대로 세우는 일을 해야 한다. 그럼 말을 제대로 세우기 위해선 어찌해야 하나? 돌려 말할 것 없다. 사람들에게, 특히 젊은 친구들에게 책을 읽게 해야 한다! 책을 읽게 하다니? 책 속에 길이 있다지 않은가. 어쩌면 수단 방법 가리지 않는 황금 만능주의와 부패를 바탕 삼은 이기주의를 막는 방법도 책 속에 있을지 모른다. 나아가 책을 제대로 읽은 사람들은 최소한 '개 풀 뜯어 먹는 소리'는 하지 않을 것이다.

　말 같지 않은 말을 쏟아 내는 인물들을 보면 누구 하나 할 것 없이 최고의 고등 교육을 받았고, 개중엔 외국 유학까지 한 인물들도 많다. 나름대로 가방끈들이 길다. 그런데도 그들은 사람의 말을 쓰지 않고 개의 말을 쓰고 있다. 모르긴 몰라도 그들의 공부가 제대로 된 공부가 아니었기 때문이리라. 단언하건대 그들은 교육을 받는 동안 책은 읽지 않고 시험지만 보았을 것이다. 그래서 답만 외운 그들은 자신들이 무슨 말을 쓰는지도 모르고 산다.

　　책은 제대로 된 말의 저장소다. 삶에 필요한 지식은 물론 올바른 지혜도 다 책 속에 말로 저장되어 있다. 개 풀 뜯어 먹는 수준의 말만 하는 이들은 책을 보더라도 시험에 필요한 부분만 용케 알아내 달달 외웠을 것이다. 어쩌면 그 정도의 수고조차도 하기 싫어 시험에 나올 만한 것만 맥락 없이 뽑아 놓은 문제집만 보았는지도 모른다. 지식의 책이든 지혜의 책이든, 온몸으로 음미해 가며 제대로 된 말을 느끼지 않고 그저 시험에 나올 만한 '족보'만 죽어라 보았는지도 모른다. 그러지 않고서야 어찌 말을 저리도 어지럽힐 수 있으랴. 제대로 된 말을 온몸으로 익힌 자는 결코 삿된 말을 앞뒤 없이 내뱉지 않고, 소통의 말을 쓸 것이다.

　도서관은 책의 집합소다. 즉, 말들의 큰 곳집인 것이다. 그런데 그런 도서관에서 지금까지 대부분의 사람들은 제대로 된 말을 익히는 것이 아니라 시험에 필요한 말만 발라내는 일을 주로 했다. 그렇게 학창 시절에 시험 준비만 한 사람들은 나중에 자꾸만 다른 사람을 시험에 들게 한다. 잘난 위정자들이여, 제발 우릴 시험에 들게 하지 마시라!

　보르헤스는 생전에 "우주는 도서관, 낙원은 도서관 형태일 것"이라고 말했다. 그는 아마 사후의 삶도 도서관에서 누리고 있을 것이다. 그도 그럴 것이 그는 애초에 할아버지의 도서관에서 태어났고, 이후 도서관 사서를 했으며, 마침내 아르헨티나의 국립 도서관장을 지내기까지 했으니, 죽어서도 도서관에서 지내리라 여겨지는 것이다. 그를 일러 "20세기의 도서관"이라고 할 정도였으니 그가 도서관을 얼마나 좋아했는지 알 수 있고, 마침내 스스로 도서관 같은 사람이 되고자 했음을 알 수 있다. 그가 그런 별칭을 들을 자격이 있는 건 도서관에서 숨 쉬며 쌓은 그의 지성이 동시대의 중남미 작가들에게 많은 영향을 끼쳐 중남미 문학이 그 지역을 벗어나 세계 문학이 되게 한 것만으로도 충분하다.

우리가 추구하는 바는 바로 그와 같은 인간형이 도서관을 통해 많이 나오기를 바라는 것이다. 물론 모든 사람이 보르헤스처럼 다 작가가 될 필요는 없다(그리 되면 나 같은 아둔한 작가는 뭘 먹고사나? 그러니 굳이 작가는 되지 마시고). 하지만 저마다 자기 분야에서 쌓을 수 있는 최대치의 지혜와 교양과 지식을 갖추길 바란다. 아프리카의 어느 부족은 노인 하나가 세상을 뜨면 도서관 하나가 불에 타 버렸다고 한단다. 한 사람이 살며 축적한 모든 것이 도서관과 맞먹는 것이라고 보는 것이다. 즉, 사람은 도서관이고, 도서관은 곧 사람이다. 그렇다면 더 말할 것 없다. 우리도 이제 저마다 도서관이 되자!

책 권하는 사회

　　가을엔 각급 학교에 문화 축제가 많다. 그런 축제에 빠지지 않는 게 외부 강사를 불러 '한 말씀' 듣는 것이다. 나 역시 이번 가을에 그런 자리에 불려 가 '한 말씀'을 많이 했다. 그런데 내가 글 쓰는 작가이다 보니 내 얘기가 끝나고 나오는 질문은 대개가 '이러이러한 데 유익한 책을 추천'해 달라는 것이다.

　　책을 추천해 달라……. 처음엔 내 머릿속을 뒤져 질문자가 원할 만한 책을 추천해 주었다. 그런데 어느 순간 '이게 아닌데' 하는 생각이 들었다. 내가 좋다고 생각하는 책이 남에게도 똑같이 좋으란 법이 없을 것 아닌가. 하지만 청소년이고 학부모고 기왕 책을 읽으려면 효과가 큰 것을 바로 읽는 게 시간과 정력을 아끼는 일이라고 생각하는 성싶었다. 그러든 저러든 어느 무렵부턴 책을 추천해 주지 않는다. 그 대신 나쁜 책은 없으니 자신이 스스로 알아서 읽으라고 한다.

앞에서 얘기한 대로 "나쁜 책은 없다"라는 말은 여러 해 전부터 내건 나의 강연 주제다. 맑은 샘물도 독사가 먹으면 독이 되고, 구정물도 젖소가 먹으면 우유가 되는 법. 좋은 책이라고 알려진 것도 잘못 읽으면 되레 해악이 되고, 좋지 않은 책이라고 알려진 것도 잘 읽으면 오히려 약이 된다. 문제는 책 읽는 자신이 독사인가, 젖소인가 하는 것일 뿐.

그럼에도 어느 학부모들은 이런저런 기관이나 단체에서 추천한 도서 목록을 들먹이며 어느 상황에선 이런 책이 어떻고 저런 책이 어떠한데 강사 선생님은 어떤 책을 권하겠느냐며 정답을 요구한다. 그런 상황이 펼쳐지면 은근히 짜증이 난다. 언제부터 책 읽기가 사지선다형 문제 풀 듯이 네 권 중에 한 권 고르기가 되었고, 이 책은 틀렸고 저 책은 맞다며 OX 식으로 판가름을 해야 한단 말인가.

내 생각엔 모든 사람에게 딱 들어맞는 양서라는 것도 없고, 모든 사람에게 맞지 않는 악서란 것도 없다. 더더구나 현대의 출판 시스템은 원고에 대해 일정한 거름 장치를 통해 나름대로 엄격한 선별 과정을 거쳐 책이라는 물건을 만들어 낸다. 물론 일부 악덕 출판업자가 있을 수 있겠으나, 그런 업자가 펴낸 책은 지금 같은 대명천지 세상에선 시장에 발붙이기가 힘들다. 설령 그런 책이 어쩌다 소비자 손에 들어간다 하더라도 소비자 스스로 선별할 수 있는 능력이 있으면 그만이다.

인기 있는 텔레비전 드라마 중 범죄물이 있었다. 주 내용은 범죄를 저지른 범인을 잡는 것이라서 그 드라마를 보는 대부분의 사람들은 저런 짓을 하면 안 되겠구나, 생각한다. 그런데 어떤 사람은 똑같은 내용을 보면서도 여느 사람과 달리 모방 범죄를 도모한다. 이런 사람에겐 범죄 예방물이 되레 범죄 학습물이 되고 만다. 반면교사 역할이 되지 않는 것이다. 책도 마찬가지다. 판단 능력이 있는 사람이면 악서를 보더라도 그 책조차도 반면교사로 삼아 지적 능력이 부쩍 자라고 영혼의 성장이 이루어진다. 그러나 판단 능력이 시원찮아 표피적인 수준에서 말초적인 것에만 붙들려 있는 사람은 책을 아니 읽는 것만 못하다.

그러면 각 기관이나 시민 단체 등에서 서로 앞 다투듯이 내놓는 추천 도서 목록을 어찌할 것인가? 독자는 단지 그런 목록을 참고만 했으면 한다. 각 기관이나 단체의 성격에 따라 추천 도서의 성격도 달라진다. 더더구나 추천 도서라는 것은 보편적인 수준에서 무난한 것을 추려 낼 수밖에 없다. 그러니 절대적으로 그런 목록에 목을 매달 이유가 없다. 다만 우리 인생이 마냥 길지 않으므로 이 세상의 책을 다 읽을 순 없다. 그런 차원에서 선택적인 책 읽기가 필요할 텐데, 그런 때에나 참고 정도 할 일이다.

그래도 현진건의 소설 제목인 '술 권하는 사회'보다는 '책 권하는 사회'가 한층 더 싹수는 있어 보인다. 다만 남이 내게 책을 권하지 않더라도 스스로 내게 맞는 책을 찾아 읽을 수 있는 능력을 갖추었으면 한다. 그렇다면 내게 맞는 책을 고르는 능력은 어떻게 해야 갖출 수 있나? 다른 방법이 없다. 책을 알아보는 능력은 오로지 책을 읽어야만 갖출 수 있다! 우문에 우답인가?

우리는 특정 병에 걸리지 않기 위해 예방 주사를 맞는다. 백신 접종을 통해 미리 면역력을 갖추어 놓는 것이다. 책 읽기도 마찬가지다. 이른바 악서라는 것도 읽다 보면 예방 주사처럼 나름대로 항체가 생겨 면역력이 높아진다. 일단 그러고 나면 좋은 책, 나쁜 책의 구분이 없어진다. 내가 소화할 수 있는 책은 다 좋은 책인 것이다. 그러니 어떤 계기로든 손에 들어온 책은 두려워 말고 읽을지어다. 초기엔 예방 주사 맞는 기분으로 읽고, 나중엔 건강한 몸이 되어 즐기며 읽으면 된다.

'사람의 여자'라니?

    나이가 지긋한 할머니들이 흔히 하는 말 가운데 가장 대표적인 것 두 가지가 있다. 하나는 "어서 죽어야지, 내가 어서 죽어야 자식들이 고생 안 하지……"다. 또 하나는 "내 살아온 이야기를 글로 쓰면 모르긴 몰라도 소설책 열 권은 되고도 남는다"라는 말이다.

    이 땅의 현대사는 웬만한 사람이면 소설책 열 권 정도는 쉽게 쓸 수 있을 정도로 격변과 고통으로 점철되었다. 『사람의 여자』는 바로 그런 할머니들의 이야기를 모아 놓은 책이다. "어서 죽어야지……" 하면서 '소설책 열 권'의 지은이가 될 수 있는 할머니들.

    할머니라고 표현했지만, 그들은 바로 우리의 '어머니들'이다. 누군들 어머니에게서 자유로울 수 있을까? 어머니는 또 하나의 우주다. 아니, 어쩌면 우주보다도 더 크고 넓은 존재다.

속 썩이는 남편 때문에 남몰래 눈물 훔치면서도, 등골 파먹는 자식 때문에 허리가 다 휘면서도 그 질긴 생명력을 잃지 않는 이가 어머니다. 그러니 어머니의 속은 과연 우주보다도 더 크고 넓다고 하지 않을 수 없다.

이야기의 첫 꼭지는 우리에게 걸레 스님이라고 알려진 중광 스님의 어머니 이야기다. 어머니라고 했지만 친어머니는 아니고 중광과 어찌어찌 모자의 연을 맺은 사이다. 그러나 그 인연의 굴레는 친모자 사이보다도 더 질기고 단단하다. 그는 중광이 자기 속을 무던히도 썩였다면서도 중광을 사람 만들자고 거듭 거듭 마음먹었다고 한다. 더 기가 막힌 일은 자기 배로 낳은 자식이 여섯이나 되었는데도 모두 저세상으로 앞세워 버렸다는 것이다. 그것도 넷은 6·25 전쟁 때……

이야기는 모두 25꼭지다. 말하자면 스물다섯 분의 이야기인 것이다. 어느 사람의 이야기를 듣든 '눈물 없이는 볼 수 없는' 한국 영화 같다. 여기서 '듣든'이라고 한 것은 이야기 모두 구술* 형식으로 되어 있기 때문이다. 그래서 더 실감나고 생생하다. 육성을 바로 듣는 것처럼.

개인적으로는 만난 적이 있는 이도 있다. 오래전 할머니가 돌아가셨을 때 씻김굿을 했던 채정례 단골. 이제는 그분도 저세상으로 가고 없다. 열여덟 살에 시집이라고 왔지만 집은 오두막이고 먹을 식량도 없어서, 고생고생하며 험한 세상을 살았단다. 같은 면 지역의 건

> **구술**
> 면담을 통해 개인의 기억에 남은 과거나 역사적 사건을 재구성하는 작업을 말하는데, 구술하는 사람뿐만 아니라 이를 듣고 적는 사람의 주관도 들어간다.

너 마을에서 살았지만 그렇게 고생을 하고 살았는지 미처 몰랐다……. 진도에선 목사도 씻김굿을 하고, 외과 의사 어머니도 발을 삐기라도 하면 물리 치료 대신 굿을 해달라고 한다. 그러면 의사 아들도 묵묵히 어머니 마음을 편하게 해 드리기 위해 물리 치료 대신 굿을 한다. 채정례 단골이 직접 겪은 이야기는 목사가 씻김굿판에서 활약한 일. 목사의 큰어머니를 씻겨 주기 위해 굿을 하는데 목사의 말이 걸작. 아버지가 굿을 좋아하니까 아버지 집에 왔을 때에는 아버지 방식을 따르고 아버지가 자기 집에 올 때에는 자기 방식을 따른다며, 굿판의 고비고비마다 돈봉투를 놓으면서 "아따, 하시는 소리 들은께 목사 안 하고 싶소"라며 너스레.

물론 여기 실린 얘기보다 더 기막힌 삶을 사신 분들도 많을 것이다. 그래서 이 땅에선 '소설'이 계속 쓰여지고 '영화'가 계속 찍어지는지도 모른다. '눈물 없이는 볼 수 없고 들을 수 없는' 사연들이 너무 많아서 말이다.

어찌 보면 현실은 소설이나 영화보다 더 기가 막힌 일이 많은지도 모른다. 그 기가 막힌 일을 당하면서도 이 땅을 버리지 못하고, 부둥켜안고 있는 분들, 그들은 곧 '사람의 여자'다. 어느 한 남정네만의 여자가 아니라는 말이다.

내가 죽던
바로 그날 밤

예전에 남북 이산가족 상봉 소식이 전국을 눈물바다로 만들 때 이야기. 상봉의 당사자는 물론 이산의 아픔을 겪지 않은 일반 사람들까지 안타까움과 다행스러움과 기막힘이 함께 밴 한숨을 내쉬다 못해 눈물을 흘렸다.

반세기의 이별은 너무 길었다. 그러나 만난 사람들은 그나마 다행이다. 이미 이 세상을 떠서 살아생전엔 다시 못 볼 사람들은 어디 가서 지난 세월의 회한을 달랠까.

한이 맺힌 채 평생을 살던 이들이 남긴 사연도 가지가지였다. 이름 하여 유언. 살아남은 이들이 전하는 유언은 저마다 절실했다. 그러나 가버린 사람들의 유언이 현실 속에서 어떻게 실현될지는 아무도 모른다.

어차피 인간은 현실 속에서는 길어야 100년을 넘기지 못하고 죽어야 한다. 그다음의 삶은 종교적인 것이다. 저마다 믿는 종교의 품 안에서 영생을 하든 윤회를 하든 환생을 하든 그건 다음 생의 문제다.

나는 늘 이렇게 생각해 왔다. '영원히 살 것처럼 굴지 말자. 당장 오늘 죽더라도 후회 없게 살자'라고 말이다. 내가 이렇게 생각하는 이유는 영원히 살 것처럼 행동하다 보면 오늘 할 일을 내일로 미루게 되고, 사소한 것에까지 자꾸 집착하며 탐욕을 부리게 되기 때문이다.

정치가든 경제인이든 의사든, 누구든 인간 존재의 유한성을 믿으면 덜 탐욕스러워질 것이다. 오늘 저녁 당장 목숨의 밧줄을 놓아 버린다고 생각하면 집착할 것이 뭐 있겠는가.

나는 하루하루 하는 일이 나의 마지막 일이며, 하루하루 하는 말이 나의 유언일지도 모른다고 생각하며 실천하려 애쓴다. 그러다 보면 단 한 시간도 허투루 보내지 않고, 살아 있다는 사실이 너무 소중하기 때문이다. 내가 장황하게 이런 말을 하는 까닭은 죽음을 의식하며 살자는 말을 하고 싶어서다. 물론 일상생활 속에 함몰되어 살다 보면 제대로 지켜지지 않기도 할 것이지만.

내가 의식하는 죽음과는 다른 방식이지만 죽음을 의식하고 쓴 책을 만났다. 장 기통*의 『나의 철학 유언』이다.

이 책은 죽음을 눈앞에 둔 철학자가 '내가 죽던 바로 그날 밤'이라는 시간을 설정해 놓고 자신의 죽음을 객관적으로 바라보려 애쓰며 정리한 책이다. 지은

장 기통(1901~1999)
프랑스의 철학자로 몽펠리에 대학교, 디종 대학교, 파리 대학교의 교수를 역임했다. 현대 그리스도교 철학을 대표한다. 비교인으로서 공식적으로 제2차 바티칸 공의회에 옵저버로 참석한 유일한 사람이다.

248

이는 자신이 살아온 세월을 여러 상대를 설정해 대화체 형식으로 펼쳐 보인다.

나는 이 책을 쓴 프랑스의 철학자에 대해 사실은 잘 모른다. 그런데도 그가 책 속에 적어 놓은 대화 한 단락은 그의 일부나마 알게 해 주는 것 같다.

"왜 죽는 일이 중요합니까?"

"왜냐하면 그것은 일생에서 전적으로 아무런 보상 없이 자기의 전부를 바칠 수 있는 유일한 순간이기 때문에 그렇습니다."

그렇다. 죽음은 아무런 보상 없이 자기의 전부를 바칠 수 있는 유일한 순간이다. 그렇다면 평소에 그 순간을 어떻게 맞이해야 할 것인가는 자명해진다. 우리 저마다 '내가 죽던 바로 그날 밤'을 위해 저마다의 유언을 미리 쓸 수 있도록 유연하고 준비성 있게 살아야겠다.

사람의 자리를
다시 보다

　　우리 어린 시절엔 깡통을 들고 다니며 밥을 얻어먹는 사람이 참 많았다. 이름 하여 동냥치. 특히 긴 겨울 지나고 아직 햇보리 나기 전인 봄에 더 많았다. 고개 가운데에서 가장 넘기 힘들다던 보릿고개. 먼 옛날의 전설 속에 나오는 이야기가 아니다. 불과 30~40년 전 이 땅의 풍경이었다. 그런데 문제는 지금도 하루하루 끼니를 걱정해야 하는 사람들이 있다는 것이다. 물질적으로 더할 나위 없이 풍요로워진 세상 같은데 아직도 하루 세끼를 걱정해야 하는 사람들. 그렇다고 옛날처럼 얻어먹으러 다닐 수도 없다. 인심이 더할 수 없이 야박해져 동냥도 할 수 없는 세상이 되었기 때문이다. 말로는 요람에서 무덤까지 나라에서 다 책임지는 복지 사회라지만 현실은 사회의 보호막 바깥에 머물고 있는 이들이 아직도 많다는 것이다.

40년 전에 나왔던 책이 다시 나올 수밖에 없는 시대. 우리는 지금 그런 시대를 살고 있다. 그동안 영화로도 나와서 뭇 사람들의 가슴을 울렸던 책. 바로 이윤복의 일기 『저 하늘에도 슬픔이』다. 이 책의 내용은 대충 다 알고 있는 것이었다. 그런데도 지금 다시 읽으니 또 새롭다. 예전엔 내용만 보고 눈물샘이 자극되어 동정과 연민의 감정이 더 앞섰을 것이다. 그런데 글을 쓰는 작가의 처지에서 보니 글이 어떠해야 독자에게 감동을 주는지를 알게 해 준 책이다.

윤식이가 얻어 온 밥통을 놓고 저녁을 먹을 때의 일입니다.
"씨야, 내 밥 많이 얻어 왔제?"
"오냐, 니 많이 얻어 왔다. 어서 먹자."
하고 모두 달려들어 밥을 먹었습니다. 아버지께서는 서너 숟갈을 뜨시고 숟가락을 놓으시기에 나는
"아버지예, 와 밥을 안 드십니까예?"
하고 물으니
"난 배부르다. 너이들이나 많이 묵으라."
"아버지, 무엇을 잡수셨어예?"
"내 아까 떡 좀 묵었다."
"떡은 어디서 났는데예?"
"그런 걱정 말고 밥이나 어서 묵으라."
하시기에 나는 더 묻지 않았습니다.

윤복이 집안의 저녁 식사 풍경이다. 여느 집안과 다름없이 식구들이 둘러앉아 밥을 먹는다. 그런데 그 밥은 얻어 온 밥이고, 양도 많지 않아 아버지는 짐짓 배부른 척하며 숟가락을 놓는다. 자식들 입에 한술이라도 밥이 더 들어가기를 바라는 아비 마음이다. 아들은 그런 아버지가 걱정이다. 자식들을 위해 숟가락을 먼저 놓는 아버지. 아들은 이미 아버지의 자리에까지 가 있다.

그러기에 얼마 전에 돌아가신 이오덕* 선생은 윤복이의 일기를 두고 이런 말씀을 하셨을 것이다. "이 작품은 해방 이후 나온 수많은 아동 작품 중에서 단연 빛나는 높은 봉우리를 차지할 수 있으며, 또한 어른들이 쓴 대부분의 아동 문학 작품들보다도 귀중하고 값있는 작품이 되고 있다"고 말이다. 그러면서 윤복이한테서 동심의 승리, 곧 인간의 승리를 본다고까지 하셨다. 그렇다. 윤복이의 일기『저 하늘에도 슬픔이』는 참된 동심이 무엇인지를 보여 주고 있다. 그 동심이 바로 수많은 독자와 관객을 울린 것이다. 단지 동정과 연민 때문에 가슴이 젖은 게 아니다. 바로 그 동심이 사람들의 가슴속에 새겨지면서 잃어버렸던 '사람의 자리'를 돌아보게 한 것이다.

초등학교 4학년 무렵에『차라리 이 섬이 없었더라면』이라는 책을 읽었다. 내 자란 시골에서 그리 멀지 않은 섬마을 소녀가 쓴 일기를 묶은 책이었다. 글쓴 이 이름은 잘 떠오르지 않지만, 나보다 몇 살 위인 소

> 이오덕(1925~2003)
> 아동 문학가이자 우리말 연구가. 번역 말투와 일본 말투에 오염된 우리말을 바로 잡고자 글쓰기 교육 운동과 우리말 연구에 힘썼다. 대표적인 저서로『우리 글 바로 쓰기』,『우리 문장 쓰기』등이 있다.

녀가 쓴 책이다. 바로 내 손위 누이 같은 소녀였다. 그 책은 누나의 6학년 때 담임 선생님이 주신 것이었는데, 누나는 그 책을 읽으며 바로 자신의 모습을 읽었는지 모른다. 나도 그 책 속의 화자를 누나로 착각할 정도였으니까. 밥 짓고, 땔감 하고, 바다에 나가 갯것 건져 오고, 밭일 하고, 동생들 거두고⋯⋯. 끊임없는 노동의 기록이었다.

내 문학의 출발점은 바로 『저 하늘에도 슬픔이』와 『차라리 이 섬이 없었더라면』인지 모른다. 그 두 책으로 인해 나는 참된 동심을 보고자 하는 바람을 가지고 동화를 쓰는지도 모른다. 그렇다면 나는 끝내 리얼리스트로 남을 수밖에 없을 것이다. 새삼 글쟁이가 무엇을 써야 하는지를 다시 떠올려 본다. 허황된 이야기가 아니라 바로 구구절절 삶이 배인 이야기여야 할 것이다. 이즈막에 『저 하늘에도 슬픔이』를 보며 느낀 바다.

이해할 수 없는 어른,
이해할 수 없는 학교

어리석은 질문을 하나 해 본다. 학교는 누구를 위해 있는가? 당연히 학생을 위해 있다. 그런데 현실적으로 그러한가? 상당히 많은 사람들이 아니라고 대답할 것이다. 특히 학교 다니는 아이한테 어떤 문제가 생겨 처리해 본 적이 있는 학부모라면 대부분이 고개를 저을 것이다. 그럼 학교는 누구를 위해 있는가? 불행하게도 관료주의*적 태도를 버리지 못하고 있는 교장, 교감과 그들을 추종하는 교사들을 위해 있다. 아, 그리고 여기에 한 부류가 또 있다. 돈깨나 있거나, 사회적으로 힘 있는 직업을 가지고 있는 학부모들. 학교는 그들을 위해 있다.

이런 때 균형을 갖추기 위해 들먹이는 말이 있다.

> **관료주의**
> 관료제가 있는 국가의 관청이나 사회 집단 등에서 기능적 장애 및 병적 행동 양식, 의식 형태를 보이는 것을 말한다. 일정한 사상을 나타내는 신조는 아니며, 대개 비능률, 보수주의, 책임 전가, 파벌주의 등으로 표현된다. 조직의 규모가 커질수록 이런 경향은 심화된다.

학교가 다 그런 것은 아니라는 말과 좋은 선생님도 많다는 말. 물론 좋은 학교 좋은 선생님도 있다. 그러나 좋은 학교, 좋은 선생님이 있다는 게 특별한 일로 여겨져선 안 된다. 모두가 당연히 그러해야 한다. 역설적으로, 얼마나 좋지 않은 학교 좋지 않은 선생님이 많으면 좋은 선생님 '도' 있고 좋은 학교 '도' 있다며 궁색을 떨 것인가.

사회를 이루는 여러 단위 혹은 조직 가운데에 군대와 학교는 일종의 울타리가 쳐져 있는 성역 같은 곳이다. 그래서 그 안에서 일어나는 일은 바깥세상에 잘 알려지지 않는다. 그리고 그 안에 종사하는 이들은 일종의 특권 의식 혹은 특혜 의식을 가지고 있다. 그래서 구성원에게 어떤 문제가 일어났을 때 합리적으로 해결하려 하기보다는 어떡하든 쉬쉬하며 덮어 버리려 한다. 그 덮는 과정에서 조직의 집단 의지와 다르게 행동하는 이는 가차 없이 따돌려지거나 응징을 받게 된다.

『방송반 아이들』은 초등학교 방송반의 아이들 사이에 일어난 문제를 다루고 있다. 일종의 현실 고발 작품이다. 방송반이라는 특별한 활동을 하는 아이들 사이에 일어난 일이지만 그 일을 해결하는 과정에서 '이해할 수 없는 어른들의 태도와 이해할 수 없는 학교의 문제점'이 고스란히 드러난다.

이야기는 나름대로 선발 절차를 거치는 방송반을 '뒷구멍'으로 들어온 꽃비의 일에서 비롯된다. 꽃비는 자신이 떳떳하게 방송반에 들어오지 못했음에도 도리어 잘난 척만 하고 제멋대로 군다. 꽃비가 방송반에 처음 온 날 아이들은 꽃비를 외면하는 것으로 항의를 해 본다. 그러나 꽃비는 엄마와 교장 선생님과 여러 선생님을 등에 업고 있다.

마침내 방송반 아이들은 꽃비를 혼내 준다. 그러나 일이 엉뚱하게 번져 아이들은 모두 선생님들한테서 혼구멍이 난다. 준은 자신이 뭘 잘못했는지 모르겠다고 항의한다. 그러나 받아들여지지 않는다. 학교 측에선 문제를 해결하는 과정에서 오로지 꽃비 편만 들며 집안이 어려운 진아를 희생양으로 삼는다.

진아는 말을 잃은 채 병원에 입원하고 학교에도 나가지 못한다. 꽃비와 꽃비 엄마는 더욱 의기양양해하며 진아 엄마가 꽃비네 집에 가서 비는 것으로 사건은 마무리되는 듯하다. 그러나 진아의 일기를 통해 그동안 진아가 유니와 꽃비에게 괴롭힘을 당해 왔다는 사실이 밝혀지며 가해자와 피해자가 뒤바뀐다.

아이들은 어른들끼리 '뒷구멍'으로 슬쩍 마무리하고 넘어가는 걸 다 안다. 또 누가 학교의 책임자를 어떻게 구워삶는지도 안다. 그런데도 이러한 진실이 제대로 밝혀질 가능성은 별로 없다. 꽃비네 집안이 진아네 집안보다 부자이며 힘이 센 것이다. 이 과정에서 학교 측은 사건을 제대로 파헤쳐 아이들 사이의 관계를 바로잡으려 하지 않는다.

이 작품은 진실을 밝히는 일을 아이들 스스로 방송을 통해 터뜨리는 등 다소 낭만적인 방식을 쓰고 있고, 진아 아빠가 자살한 사실 등이 상투적이기는 하다. 그러나 여러 가지 점에서 주요한 생각거리를 던져 준다.

거짓말로 위기를 벗어나려는 아이들과 일을 해결하는 과정에서 힘의 논리를 따르는 어른들의 태도. 아이들 마음이 결코 맑지만은 않고, 어른들은 결코 이성적이지 않다는 사실. 그리고 아이들을 야단칠 때마다 무의식적으로 매를 드는 선생님들의 폭력성. 게다가 함부로 내뱉는 말까지. 아이들은 폭력적인 분위기 속에 그대로 노출되어 있다. 다른 데도 아닌 학교에서.

아동 문학에서도 이제는 좀 더 솔직한 얘기가 다루어져야 하고, 아이들이 하루 가운데 많은 시간을 보내는 학교에서의 문제가 좀 더 바깥 세상에 드러나야 한다. 문제가 있을 때 덮으려만 들면 더욱 냄새가 커지고 호미로 막을 걸 가래로도 못 막게 되는 수가 있다.

물론 현실 고발적인 작품일지라도 어디까지나 문학의 본령을 잊지는 않아야 한다. 고민하는 아이들의 심리가 세세하게 드러나고, 구성 또한 치밀하게 이루어져야 한다. 그렇지 않으면 단순한 보고물 내지는 기록물을 넘어서기 어렵다.

그런 사람들에게, 리아야, 한 방 먹여 줘라!

낯설고도 익숙한,
멀고도 가까운 땅에서 온 아이

우리 또래가 아이였던 1960년대 초등학교 교실에서는 한반도 지도를 그릴 때면 어느 누구 할 것 없이 반 전체 아이들 모두 위쪽은 빨간색을 칠하고 아래쪽은 파란색을 칠했다. 위쪽 북한에는 뿔 난 '빨갱이'들이 사는 곳이라 하여 그런 색깔을 칠한 것이다. 그때는 북한은 죄다 빨강으로 나타내야 했다.

이러다보니 심지어는 태극기의 한가운데에 둥글게 그려진 원의 태극 무늬에서도 '빨갱이'를 읽어 내는 선생님조차 있었다. 실제로 어떤 선생님이 태극기를 설명할 때 원 안 위쪽의 붉은색은 북한을 뜻하는 것이고 파란색은 남한을 뜻하는 것이라고 가르쳐 주어서, 우리는 '그런가 보다'라고 생각했다. 한참 나중에야 둥근 원은 우주를 뜻하고 붉은빛은 '양'이고 남빛은 '음'이라는 걸 알고 얼마나 어처구니없어했던지…….

　이처럼 북한 그러면 빨강으로 덧씌워진 세월이 벌써 반세기가 넘었다. 남북 이산가족 상봉을 통해 그쪽에도 '사람'이 살고 있다는 걸 확인하고도 사람들은 북쪽의 '사람'을 인정하려 들지 않았다. 그래서 얼마 전까지 남한 사회에서 마음에 들지 않는 정적을 몰아붙일 때 가장 효과적인 방법은 '빨갱이'라고 뒤집어씌우는 것이었다. 사실 지금도 시대착오적인 정객들은 걸핏하면 이 말을 들먹인다. 왜 그렇게 되었을까? 그건 오로지 한반도가 남북 분단이라는 특수한 상황 아래에 놓여 있기 때문이다.

그동안 어른들이 보는 소설에서는 북한과 관련된 작품이 끊이지 않고 생산되었다. 그러나 어린이 문학에서는 몇 작품 되지 않았다. 물론 1980년대 이전에 오로지 반공 교육을 위해 생산된 소위 '반공 동화'에는 많이 나온다. 그러나 그러한 작품들 대부분은 다룬 소재는 둘째 치고라도 아예 문학적으로 논할 만한 가치가 전혀 없을 정도로 조잡하고 도식적이다. 그런데도 일선 학교에서는 그런 '반공 동화'가 권장되고 독후감 대상이 되었으니, 돌이켜 보면 참으로 막막한 시절이었다.

『딱친구 강만기』는 북한에서 살던 일가족이 압록강을 넘어 중국에서 숨어 살다가 마침내 남한으로 와서 살게 된 이야기다. 이야기의 줄거리는 만기네 가족이 북한을 탈출해 중국에 머무는 동안 일어나는 일과 남한으로 들어와 살면서 부딪치는 문제로 크게 나뉜다. 작가는 만기가 남한에 들어와 학교 생활에 적응해 가는 과정에 초점을 더 맞춘 듯싶다. 그러나 이야기로서의 긴장감과 완성도는 남한으로 들어오기 전까지가 훨씬 더 높다.

이런 작품은 자칫 기록 문학*(다큐멘터리)으로 떨어져 버릴 가능성이 크다. 사실적인 내용 자체가 위

> **기록 문학**
> 사실 그대로를 기록한 문학으로, '보고 문학'이라고도 한다. 현실에서 일어난 사건이나 사물의 상태를 충실히 기록하는 형식을 취한다. 탐험기, 여행기, 종군기 등의 르포르타주를 비롯하여 자서전, 전기, 서간집, 각종 조사 보고서가 이에 속한다.

낙 커서 군이 문학적으로 꾸미거나 다듬을 필요 없이 그대로 보여 주어도 읽힐 것이기 때문이다. 물론 기록 문학도 소중하다. 그러나 어떤 이야기와 관련 있는 삽화라 해서 사실 그대로 이것저것 주렁주렁 죄다 매달고 있기보다는 가지치기를 하면서 불필요한 것을 걸러 냈을 때 훨씬 더 오래가는 감동을 자아낼 수 있다. 가지를 쳐내는 기구는 무엇보다도 구성력과 문장력이 될 것이다.

이 작품을 쓴 문선이는 이야기를 '할 줄 아는' 작가다. 이 작가의 다른 작품도 보면 그렇지만, 이 작품에서도 그는 이야기의 장면 전환을 제때에 함으로써 독자의 시선을 다음 장으로 곧바로 옮겨 놓는다. 어떤 상황에서 필요 이상으로 늘어지거나 작가가 오래 머물러 있지 않는다. 바로 속도감 있는 구성을 할 줄 안다는 말이다. 그리고 군더더기 없는 문장 역시 작품의 진행 속도를 빠르게 한다.

다만 이 작품만을 두고 볼 때 아쉬운 점은 뒷부분으로 가면서 조금은 도식적인 틀로 짜여 있지 않나 하는 것이다. 만기를 이해해 주는 민지가 고맙기는 하지만 애어른 같은 성격이 너무 도드라지는 것이랄지, 민지 할아버지가 북쪽에서 가정을 한 번 꾸렸던 적이 있는 사람으로 해 놓고 만기에게 아버지 재혼 문제에 대해 이해해 달라고 하는 것이랄지, 선생님이 군이 귀화 식물 운운하는 부분들. 그러나 그렇다고 해서 그러한 장치들이 이 작품의 바탕을 기울게 하지는 않는다.

작가의 의욕이 지나칠 정도로 넘치는 걸 엿볼 수 있는 이 작품의 미덕은 무엇보다도 작가의 성실성에 있다. 사실감을 살리기 위해 꼼꼼하게 자료를 조사하고 발품을 팔아 취재를 한 흔적들을 보면, 좋은 작가로 남겠구나 싶다.

동화를 쉽게 여기는 사람들은 어린 시절 추억 몇 꼭지를 가지고 평생을 우려먹으려 한다. 그러나 여타 문학 갈래가 다 그렇듯이 동화 문학 역시 추억 몇 개로 꾸려 나갈 '살림'이 아니다. 끝없이 조사하고 공부하고 부딪쳐야 조금이나마 '살림'을 했다고 할 수 있다. 무엇보다도 작가 자신이 어떠한 삶의 태도로 어떻게 사느냐에 따라 좋은 동화가 나오기도 하고 좋지 않은 동화가 나오기도 한다.

일 년 열두 달이
모두 5월인 사람들

　　5월은 해마다 돌아온다. 그러나 어떤 사람들은 1980년 5월 이후 일 년 열두 달 모두를 5월로 느끼며 살기에 그들의 달력엔 지난 30년 세월이 모두 5월로만 채워져 있기도 하다. 왜 그럴까? 바로 1980년 5월 18일 빛고을 광주가 있기 때문이다.

　　1980년 5월 18일부터 열흘 동안 광주는 대한민국 지도에서 사라진 지명이었다. 그러기에 거기 살고 있는 사람들도 같이 지워져야 했다. 당시의 일부 군인들은 자신들의 욕심을 채우기 위해 민주 세상을 꿈꾸던 시민들을 총과 칼을 앞세운 무력으로 무참히 짓밟았다. 그 탓에 많은 사람들이 죽었다. 그때 죽은 사람들만 따로 모아 이름 붙인 묘지를 만들어야 할 정도로 많은 사람들이 죽은 것이다.

그러나 죽은 사람들은 세상을 뜬 사람들만이 아니었다. 멀쩡하게 두 눈 뜨고 살고 있지만 하루도 살아 있다는 것을 느끼지 못하는 이들. 그들도 숨을 쉬고는 있지만 사실은 죽어 있는 거나 마찬가지였다. 그것도 하루 이틀도 아니고 30년 세월을! 그들의 달력은 1980년 5월에서 한 장도 뒤로 넘어가지 않은 것이다.

그들은 자신들의 삶 위에 당시에 죽은 이들의 가족이나 친구들의 삶까지 포개어 사는 사람들이다. 하루 한시도 그때 떠나간 이들로부터 자유롭지 못하다. 마당에서 문소리만 나도, 골목에서 개 짖는 소리만 나도 30년 전에 잠깐 외출했던 아들이, 형이, 아버지가, 누나가 나갔던 모습 그대로 들어올 것만 같다. 그래서 이사도 가지 못한다. 그러나 끝내 그들은 살아 돌아오지 못한다. 다만 살아남은 이들의 가슴속에만 살아 있는 것이다.

그동안 그들은 시와 소설 속에서, 영화나 연극 속에서 부활했다. 육신의 부활은 어려워도 그들이 추구하고 지키려 했던 것들은 조금씩 되살아난 것이다. 이제 동화 속에서도 그들은 되살아난다. 물론 어린 독자들은 그 당시 이 세상에 태어나지도 않았다. 어쩌면 이 책은 그들의 자녀가 같이 읽게 될 것이다.

그들이 꿈꾸고 지키고자 했던 것은 다른 것이 아니었다. 바로 인간이 인간답게 살고, 이웃이 함께 어울려 더불어 사는 민주 세상을 가꾸는 것이 그들의 바람이었다. 현실 속에서 그 꿈은 참혹하게 짓밟혔다. 그러나 세월이 흐르면서 그들이 꿈꾸었던 것들은 하나둘씩 작으나마 이루어져 가고 있다. 역사는 잠깐씩 뒤로 물러나는 것 같지만 크게는 뒷강물이 앞 강물을 밀고 바다로 가듯이 결국은 앞으로 나아간다.

역사는 사실을 기록하지만, 문학은 기억을 재구성한다. 지울 수 없는 개인의 생채기도 역사 속에선 커다란 사건 속에 묻혀 지나가지만 문학은 바로 상처투성이인 그 개인의 생채기를 더듬는다. 문학은 저마다 다른 기억의 창고에 재구성되어 있는 역사적 사실을 불러내어 독자들에게 질문을 하는 것이다. 반대로 독자가 질문을 하기도 한다. 좋은 질문은 이미 대답까지 같이 들어 있기도 하다. 등장인물과 독자는 각자의 질문을 하면서 바로 저마다 답도 준비할 것이다. 아니면, 이미 질문 속에 담긴 의미를 알고 고개를 끄덕일 것이다. 문학은 그렇게 과거와 현재가, 옛사람과 지금 사람이, 등장인물과 독자가 서로 소통을 하는 것이다.

『아빠의 선물』은 5·18 문학 작품 동화 부문 수상작 모음집이다.

문귀숙의 「무궁화 꽃이 피었습니다」는 '무궁화 꽃이 피었습니다'라고 술래가 소리 지르면 '~다' 소리가 그치자마자 움직임도 그쳐야 하는 아이들 놀이에서 질문을 한다. 5·18 당시 비극의 현장에서 아무것도 모르고 놀이에 빠진 아이들에게까지 총질을 한 군인들이 그 순간 총질을 멈췄다면 아이는 총을 맞지 않고 죽지 않았을 텐데, 하는 질문. 역사는 가정이 필요 없다지만 문학은 마음껏 가정할 수 있다. 그렇다면 그 아이는 지금 묘지에 누워 있지 않을 것이다!

이혜영의 「되찾은 삼촌」은 5·18 때문에 죽은 아들 대신 가해자인 군대의 일원으로 광주에 왔던 아들 친구를 아들로 여기고 산 할머니의 이야기다. 친삼촌 이름으로 여전히 '삼촌'이라 불리는 그 역시 역사의 희생자다. 그는 현장에서 군인 신분으로 우연히 마주친 민간인 친구를 구하려다 되레 동료들의 공격을 받고 부상을 입어서 기억력은 물론 지적 능력까지 상실한 채 친구의 이름으로 산다. 이 작품은 묻는다. 역사는 왜 이리도 뒤죽박죽으로 얽히고설켜 심술을 부리느냐고.

장지혜의 「아빠의 선물」은 5·18 현장을 취재했던 기자의 카메라 이야기다. 사진도 누가 찍느냐에 따라 진실을 왜곡시킬 수 있다. 이 작품의 카메라 주인은 진실을 사진에 담았다. 그랬기에 그는 '당연히' 해직 기자가 되고, 생활고에 시달리게 된다. 우연히 아빠의 일기장을 보고서 이런 사실을 알게 된 아이. 아이는 적는다. "아빠가 참 자랑스럽습니다"라고. 그러나 그런 실토를 하기까지 현실의 삶은 아이에게 참으로 많은 의문 투성이였다. 하지만 아이는 그러한 의문이 있어 현실을 껴안게 되고 한 뼘 더 자라게 된다.

세 편의 동화가 저마다 다른 손길로 5·18의 상처를 어루만진다. 30년이 지났어도 여전히 아물지 않은 상처들. 앞으로 얼마나 더 많은 상처들이 동화 속으로 더 들어가야 할 것인지 알 수 없다. 그러나 분명한 것은 아이들도 역사의 상처를 제대로 만져 보아야 한다는 것이다. 개인의 상처 없이 이루어진 세상이, 역사가 어디 있겠는가? 문학은 바로 그 상처에 소금을 뿌리는 일인지도 모른다. 소금 때문에 더 쓰라린 상처. 그러나 문학은 그 쓰라림을 바탕 삼아 불편하지만 피할 수 없는 질문을 걸고 답을 한다.

참고 문헌
※출간년도는 최근 판 표기

1장 책 읽기의 즐거움

『토지』, 박경리 지음, 마로니에북스, 2012

『김약국의 딸들』, 박경리 지음, 마로니에북스, 2013

『혼불』, 최명희 지음, 매안출판사, 2010

『태백산맥』, 조정래 지음, 해냄출판사, 2007

『백범일지』, 김구 지음, 장상태 옮김, 아이템북스, 2013

『인간의 조건』, 고미카와 준페이 지음, 김대환 옮김, 잇북, 2013

『빙점』, 미우라 아야코 지음, 최호 옮김, 홍신문화사, 2011

『느리게 산다는 것의 의미』, 피에르 쌍소 지음, 김선미·한상철 옮김, 동문선, 2007

『슬로시티를 가다』, 장정희 지음, 휴먼앤북스, 2010

『느림』, 밀란 쿤데라 지음, 김병욱 옮김, 민음사, 2012

『먼지 속 이슬』, 박찬 지음, 문학동네, 2000

『호모 루덴스』, 요한 하위징아 지음, 이종인 옮김, 연암서가, 2010

『허삼관 매혈기』, 위화 지음, 최용만 옮김, 푸른숲, 2013

『감자』, 김동인 지음, 문학과지성사, 2004

2장 상상의 나래를 펴다

『공간의 역사』, 김용운·김용국 지음, 전파과학사, 1975

『수학은 아름다워』, 육인선 지음, 박향미 그림, 동녘, 2007

『바람의 사상』, 고은 지음, 한길사, 2012

〈민중 자서전〉 시리즈, 뿌리깊은나무, 1992

『이승만 박사전』, 서정주 지음, 국립중앙박물관, 1996

『나의 생애와 사상』, 슈바이처 지음, 천병희 옮김, 문예출판사, 1999

『나는 세상을 어떻게 보는가』, 알버트 아인슈타인 지음, 정진우 옮김, 세시, 2005

『조기에 관한 명상』, 주강현 지음, 한겨레신문사, 1998

『마음도 쉬어가는 고개를 찾아서』, 김하돈 지음, 실천문학사, 1999

〈해리 포터〉 시리즈, 조앤 롤링 지음, 김혜원·최인자 옮김, 문학수첩, 2000~2004

『거울 전쟁』, 김진경 지음, 김재홍 그림, 문학동네어린이, 2003

『고양이 학교』, 김진경 지음, 김재홍 그림, 문학동네, 2014

『책과 노니는 집』, 이영서 지음, 김동성 그림, 문학동네어린이, 2009

3장 경계 밖 책 읽기

『세종대왕』, 박종화 지음, 기린원, 1998

『별들의 고향』, 최인호 지음, 여백미디어, 2013

『연필』, 헨리 페트로스키 지음, 홍성림 옮김, 지호, 1997

『우리나라 여성들은 어떻게 살았을까 1, 2』, 이배용 외 지음, 청년사, 1999

『나는 고발한다』, 김영명 지음, 한겨레신문사, 2000

『한글 전쟁』, 김흥식 지음, 서해문집, 2014

『자연을 꿈꾸는 뒷간』, 이동범 지음, 들녘, 2012

『마하바라타』, 비야사 지음, 주해신 옮김, 민족사, 1993

『라마야나』, 발미키 지음, 주해신 옮김, 민족사, 1993

4장 책을 통한 삶 가꾸기

『내 몸은 너무 오래 서 있거나 걸어왔다』, 이문구 지음, 랜덤하우스코리아, 2006

『관촌수필』, 이문구 지음, 랜덤하우스코리아, 2004

『우리 동네』, 이문구 지음, 민음사, 2005

『문화적인 것과 인간적인 것』, 김용석 지음, 푸른숲, 2010

『고통받는 몸의 역사』, 자크 르 고프 지음, 장 샤를 수르니아 편, 장석훈 옮김, 지호, 2000

『복실이네 가족사진』, 노경실 지음, 김재홍 그림, 어린이작가정신, 2010

『밤티마을 큰돌이네 집』, 이금이 지음, 양상용 그림, 푸른책들, 2008

『돼지가 한 마리도 죽지 않던 날』, 로버트 뉴턴 펙 지음, 김옥수 옮김, 사계절, 2012

『실험 가족』, 배봉기 지음, 박지영 그림, 푸른책들, 2009

『새 동생』, 배봉기 지음, 박철민 그림, 대교출판, 2011

『난 이게 좋아』, 배봉기 지음, 원유미 그림, 푸른책들, 2002

『나는 나』, 배봉기 지음, 최병대 그림, 한겨레아이들, 2003

〈역사 속으로 숑숑〉 시리즈, 이문영 지음, 아메바피시 그림, 토토북, 2012

5장 책 읽는 자의 정신

『흙 속에 저 바람 속에』, 이어령 지음, 문학사상사, 2008

『모든 책은 헌책이다』, 최종규 지음, 그물코, 2004

『수학의 완성』, 정경진 지음, 계몽사, 1961

『옛 책, 그 언저리에서』, 공진석 지음, 학민사, 1991

『얼굴, 한국인의 낯』, 조용진 지음, 사계절, 2003

『까치학교』, 박상률 지음, 한병호 그림, 시공주니어, 1998

『소중한 것은 사라지지 않는다』, 작은 것이 아름답다 지음, 마가을, 2000

『작은 학교 이야기』, 강재훈 지음, 김영곤 그림, 진선출판사, 2000

『벌거벗은 지식인들』, 폴 존슨 지음, 김일세 옮김, 을유문화사, 1999

『자전거 여행』, 김훈 지음, 문학동네, 2014

『슬픔이 기쁨에게』, 정호승 지음, 창비, 2014

『기싱의 고백』, 조지 기싱 지음, 이상옥 옮김, 효형출판, 2000

6장 나와 우리를 이해하기

『파우스트』, 괴테 지음, 계용묵 옮김, 정산미디어, 2013

『빌헬름 마이스터의 수업시대』, 괴테 지음, 곽복록 옮김, 동서문화사, 2014

『젊은 베르테르의 슬픔』, 괴테 지음, 함미라 옮김, 푸른책들, 2015

『인생은 지나간다』, 구효서 지음, 마음산책, 2000

『흑백을 추억하다』, 자펑아오 지음, 박지민 옮김, 오늘의책, 2000

『조화로운 삶』, 헬렌 니어링·스콧 니어링 지음, 류시화 옮김, 보리, 2000

『아름다운 삶, 사랑 그리고 마무리』, 헬렌 니어링 지음, 이석태 옮김, 보리, 1997

『스콧 니어링 자서전』, 스콧 니어링 지음, 김라합 옮김, 실천문학사, 2000

『시학』, 아리스토텔레스 지음, 김한식 옮김, 펭귄클래식코리아, 2013

『웃음』, 앙리 베르그송 지음, 정연복 옮김, 세계사, 1992

『바이바이』, 이경자 지음, 시모다 마사카츠 그림, 고향옥 옮김, 우리교육, 2003

『새벽을 여는 아이들』, 노경실 지음, 이상권 그림, 계림북스쿨, 2003

『상계동 아이들』, 노경실 지음, 사계절, 2004

『인간 혁명』, 함석헌 지음, 한길사, 2009

『뜻으로 본 한국 역사』, 함석헌 지음, 한길사, 2014

『우리말본』, 최현배 지음, 연세대학교출판문화원, 2012

7장 소통하는 도서관

『사람의 여자』, 정명혜 지음, 다지리, 2000

『나의 철학 유언』, 장 기통 지음, 권유현 옮김, 동문선, 2000

『저 하늘에도 슬픔이』, 이윤복 지음, 김세현 그림, 산하, 2004

『차라리 이 섬이 없었더라면』, 김예자 지음, 함일출판사, 1968

『딱친구 강만기』, 문선이 지음, 민애수 그림, 푸른숲주니어, 2003

『방송반 아이들』, 배서은 지음, 임연기 그림, 도깨비, 2004

『아빠의 선물』, 문귀숙·이혜영·장지혜 지음, 김대중 그림, 나라말아이들, 2010

서명 색인

청소년을 위한 독서 에세이

초판 1쇄 2015년 4월 30일
초판 4쇄 2024년 8월 25일

지은이 | 박상률
펴낸이 | 송영석

주간 | 이혜진
편집장 | 박신애 **기획편집** | 최예은 · 조아혜 · 정엄지
디자인 | 박윤정 · 유보람
마케팅 | 김유종 · 한승민
관리 | 송우석 · 전지연 · 채경민

펴낸곳 | (株)해냄출판사
등록번호 | 제10-229호
등록일자 | 1988년 5월 11일(설립일자 | 1983년 6월 24일)
121-893 서울시 마포구 잔다리로 30 해냄빌딩 5 · 6층
대표전화 | 326-1600 **팩스** | 326-1624
홈페이지 | www.hainaim.com
ISBN 978-89-6574-480-1